일룬 新무협 판타지 소설

FANTASTIC ORIENTAL HEROES

천산마제 3

일륜 新무협 판타지 소설

초판 1쇄 찍은 날 § 2010년 3월 9일
초판 1쇄 펴낸 날 § 2010년 3월 15일

지은이 § 일륜
펴낸이 § 서경석

편집장 § 문혜영
편집 § 서지현 · 주소영

펴낸곳 § 도서출판 청어람
등록번호 § 제1081-1-89호
등록일자 § 1999. 5. 31
어람번호 § 제2-1902호

주소 § 경기도 부천시 원미구 심곡2동 163-2 서경B/D 3F (우) 420-822
전화 § 032-656-4452 팩스 § 032-656-4453
http://www.chungeoram.com
E-mail § chungeoram@chungeoram.com

ⓒ 일륜, 2010

ISBN 978-89-251-2111-6 04810
ISBN 978-89-251-2081-2 (세트)

山

天

천산마제

魔

帝

검왕

3

일륜 新무협 판타지 소설

目次

제1장	전조	7
제2장	파천마궁의 세 호법	35
제3장	방문	69
제4장	침입	95
제5장	죽여야지요	129
제6장	십인회	155
제7장	정검련	187
제8장	궁금해서	221
제9장	장래 호검이 될 재목	251
제10장	시작할까?	281

第一章

전조

천산마제

날이 화창했다.

용악은 헛간에 누워 꼼짝도 하지 않았다.

아침부터 밖은 시끌거렸다.

구정효가 철랑대원들을 훈련시키는지 고함을 지르며 마을 전체를 울려댔기 때문이다.

'......'

용악은 천장을 보며 생각에 잠겨 있었다.

소호에서 벌어졌던, 혁련세가의 상급 무장 열 명을 상대할 때와 그 이후에 이어진 싸움들에 대해.

'나는 어째서 운기조식을 한 번도 하지 않았던 거지?

용악은 싸움이 끝난 후, 혁련세가까지 가는 도중에 잠시 운기를 했다. 그것만으로 족했다. 마치 소모된 진기가 알아서 채워졌다고나 할까?

화를 상대할 때는 마지막에 한 번이긴 했어도 몸속의 모든 기운을 일시에 폭발시켜 화를 제압할 수 있었다. 그때의 전율이란… 지금 생각해도 짜릿했다.

'정말 천마수가 모자란 진기를 채워줬을까?'

당시에는 그렇게 생각하고 넘어갔다.

다른 경우를 떠올릴 수가 없었기 때문이다.

평소에는 오히려 용악의 진기를 잡아먹던 천마수가 위기의 순간에는 도움이 된다?

용악은 '픽' 하고 웃었다.

천마수를 준 풍령 악승이 그 거대한 배를 움켜쥐고 '풉풉'대며 웃을 일이었다.

천마수의 저주에 걸려 죽어버리라던 악승이 떠오른 까닭이다.

어찌 됐든 천마수가 만약 도움을 주었다면 왜 헌원경과 싸울 때는 침묵했단 말인가?

화를 상대할 때의 힘이 몸에 남아 있었다면 두 번이나 나가떨어지는 어이없는 상황은 당하지 않았을 것이다.

'왜?'

용악의 생각이 점점 문제를 해결하는 쪽으로 깊게 파고들었다.

'일반적인 생각으로 접근해선 답이 없다. 역으로 되짚어보자. 불덩이를 상대할 때 사용한 초식은 일흡 급속(急速), 풍이란 늙은이를 상대할 때는 일흡 벽심, 혁련세가의 무장들을 상대할 때는… 그저 기벽을 운용하는 정도?'

용악은 생각하다 말고 상체를 일으켜 싸움들을 머릿속으로 곱씹어봤다.

각각의 상황에 맞춰 싸우지 않았다면 더 힘든 싸움이 됐을 것이다.

천산에서 십 년을 싸우며 만벽을 완성했다.

사용할 수 있는 진기가 과거에 비해 오 할 이상 줄었다고 하지만 눈과 머릿속은 예전 그대로인 것이다.

결국은 한 가지 결론에 귀착될 수밖에 없었다.

작은 힘으로 천근의 힘을 제어하는, 굳이 사량발천근의 원리를 적용한 것은 아니지만 그렇게 됐다.

그렇다면 어째서 헌원경을 상대할 때는 그런 것이 보이지 않았던 걸까?

용악의 생각이 다시 막히고 말았다.

헌원경이 과거의 용악보다 더 강하기 때문이다?

그것은 아니었다.

용악은 이미 검왕의 무공을 경험한 후였다.

헌원경이 강하기는 하지만 검왕과 비교할 정도의 고수는

아니었다. 검왕은 이미 과거의 용악과 마찬가지로 초절정고
수였기 때문이다.

머리가 복잡했다.

일단 헛간을 나와 산으로 올라갔다.

이슬이 옷자락에 묻으며 아직 흩어지지 않은 안개를 부쉈
다. 살갗에 닿는 감촉이 그다지 나쁘지 않았다.

쨱쨱! 째쨱!

산새들이 낯선 냄새를 맡았는지 포르르, 거리며 날아다녔
다.

근처 바위 아래에 가부좌를 틀고 앉았다.

평안함은 만벽의 무공에 무엇보다 중요한 요소였다.

한 호흡에 가진 힘을 모두 폭발시키려면 미리 준비하지 않
고는 힘들었다.

용악은 운기조식을 시작하며 몸을 열었다.

단전에서 시작된 뜨거운 기운이 위아래로 빠르게 퍼져 나
갔다. 상체로 올라간 진기는 백회혈을 돌아 손가락 끝까지 한
호흡에 휘돌았고, 하체로 내려간 진기는 용천혈까지 내달리
다 다시 되돌아왔다.

이러한 운기는 끝이 없었다.

돌고 두드렸다가, 흐르다 멈추길 반복했다.

'시끄럽다.'

몸의 내부가 내는 소리를 듣고 있었다.

그 시작은 손이었다.

진기가 손으로 흘러가면 의도하지 않았는데도 묘한 이질감 때문에 간지럽다. 용악이 제어할 수 없는 부분이기에 신경 쓰지 않으려 했지만 그것이 쉽지 않다.

그때, 문득 든 생각.

천마수에 전해진 힘이든, 역으로 천마수에서 용악에게로 전해진 힘이든 어차피 주인은 한 사람인 것이다.

'굳이 부정할 필요는 없다.'

오직 한 가지 무공으로 이루었던 만벽이지만, 어차피 분리할 수 없다면 포용하는 것도 나쁘지 않을 것 같았다.

천마수의 힘을 흡수한다?

그럼 예전의 상태로 돌아갈 수 있게 될까?

바라 마지않던 상태였으나 한 번도 시도해 본 적 없기에 망설였다. 하나 마음은 이미 어떻게 해야 할지 알고 있었다.

용악은 서서히 운기를 멈췄다.

천산에서 내려온 이후 이렇게 오랜 시간을 혼자 있었던 적이 없었다.

묵직함이 가시지 않은 양손.

천마수가 용악의 진기를 흠뻑 흡수한 모양이다.

"픗."

용악은 결국 천마수만 좋을 일을 한 것 같아 웃음이 나오고 말았다. 언제고 힘을 온전히 가져올 날이 올 것이다. 언제고.

오후가 되자 금빛 햇살이 온 마을을 포근히 감쌌다.

천산에서 봄과 겨울만을 맞이한 용악에겐 마치 금빛 계절이 다가온 것처럼 신기했다.

햇빛을 만끽하고 있을 때였다.

"좋지?"

'언제……!'

용악은 목소리가 헌원경의 것임을 알았다.

"네 활약에 대해선 모두 들었다."

"……"

"혁련세가를 무너뜨렸다고?"

"애초에 그러려고 갔으니까요."

"허허허. 다른 세가도 구해주었다며?"

헌원경의 말투는 칭찬인지 아니면 빈정거림인지 잘 구별이 가질 않았다.

"제게 할 말이라도 있으신가요, 노사?"

"노사?"

"마땅히 부를 호칭이 생각나질 않아서… 어떻게 불러드리는 것이 편하시겠어요?"

헌원경은 한 번도 들어본 적 없는 말에 다소 의외란 표정을 지었다. 하지만 노사란 말이 그다지 나쁘게는 들리지 않았다.

'맹랑한 녀석이군.'

별말 아닌데 용악의 입에서 나오니 흔쾌히 허락하기 싫은 헌원경이었다. 두 번이나 내동댕이쳐진 것도 잊고서 너무도 뻣뻣한 태도를 취하고 있었다.

일단 굽힐 줄 모르는 저 자존심이 마음에 들지 않았고, 황보 남매와 겨우 몇 발자국 떨어진 곳에 머물고 있다는 것도 마음에 들지 않았다. 무엇보다, 풍뢰신장과 부딪치고도 멀쩡했던 저 손이 가장 마음에 들지 않았다.

"호칭이야 마음대로 하고… 그래, 자네는 어떤 류의 무공을 익혔지?"

"……?"

용악은 뜬금없는 헌원경의 질문에 의아한 눈으로 돌아봤다.

"권, 장, 도, 검, 창 중에 어떤 걸 익혔냐는 뜻이다."

"특별히 그런 식으로 분류해서 익힌 적은 없습니다."

"그럼?"

"굳이 말하자면… 손과 가깝겠군요."

용악이 손을 들어 올리며 대답했다.

"손? 그 손을 말하는 겐가?"

"제 손이니, 이 손이 맞을 겁니다."

용악은 헌원경의 너무도 당연한 질문에 가볍게 웃기까지 하며 대답했다.

담담하던 헌원경의 얼굴에 노기가 떠올랐다.

용악의 웃음이 오만하다 여긴 까닭이다.

헌원경은 당장이라도 겸손함을 알려주고 싶었으나 그래도 손자 손녀를 지켜준 공로를 생각해 참았다.

"허허허. 손이라. 그럴 수 있겠지. 하나, 무공이란 오랜 수련과 심득으로 이루어지는 것이지 기물에 의존해선 소용없다. 노부가 오랫동안 강호에서 이름을 얻고 있는 이유이기도 하지."

"......!"

용악은 놀란 눈을 숨기지 않았다.

한눈에 용악이 천마수를 끼고 있다는 걸 알아본 것이 신기했기 때문이다.

헌원경은 용악의 놀란 눈 다음에 이어질 말을 예상하고 있었다.

'노부가 누군지 궁금하겠지?'

헌원경은 용악이 이미 그의 신분을 알고 있다는 사실을 모르고 있었다.

당연히 시간이 지나도 기대했던 질문은 용악에게서 나오지 않았다.

헌원경의 미간이 좁혀졌다.

"하실 말씀이 있으신가요, 노사?"

용악은 헌원경의 이어질 말을 기다리다 표정이 변하자 의아한 표정으로 물었다.

"너는 내… 아니다, 새겨듣든 말든 네 마음대로 해라. 요 며칠간 너와 낭인을 지켜봤다."

"낭인이오?"

"구징효란 자 말이다."

굳이 이름으로 부르는 것을 보니 구징효도 헌원경에게 찍힌 모양이다.

용악이 소리없이 '픽' 하고 웃자 헌원경의 표정이 더욱 굳어졌다.

"구노는 낭인이 아니에요."

"상관없다."

"아니요, 상관있죠. 구노는 낭인이 아니니까요."

"……."

"……."

용악은 헌원경의 시선을 마주 보았다.

무슨 말을 하든 물러서지 않을 기세였다.

"노부는 강호에서……."

"구노는 강호에서 활동할 때 무쌍권으로 불렸습니다. 유명했던지 알아보는 사람들이 꽤 되더군요."

용악이 헌원경의 말을 자르며 입을 열었다.

무척 교묘한 순간이라 헌원경은 화를 내지 못하고 무쌍권이란 이름을 반복해서 되뇌었다.

"무쌍권, 무쌍권……."

들어본 적 없는 이름이었다.

그도 그럴 것이, 헌원경 정도 되는 고수가 자신보다 하수의 이름을 알아야 할 이유는 없는 까닭이다.

"혹시나 해서 말해두자면… 행여 구노에게 낭인이라고 부르지 마세요."

"왜 그렇지?"

"구노가 노사보고 영감탱이라고 하면 좋겠어요?"

"여, 영감탱이?!"

헌원경의 전신에서 갑자기 어마어마한 투기가 용악을 향해 폭사됐다.

콰콰콰!

용악이 등지고 있던 헛간이 한순간에 터져 나가고 말았다. 그 정도의 피해로 끝난 것은 용악 덕분이었다. 헌원경의 투기를 피하지 않고 고스란히 받아냈기 때문이다.

"이런… 그나마 있던 숙소가 날아갔네."

용악은 이마를 긁적이며 헌원경을 쳐다봤다.

표정은 창백한데도 헌원경에게 농담까지 건넬 정도로 여유있어 보였다.

헌원경의 화를 제대로 한 번 돋워보겠다는 뜻으로밖에 해석할 수 없었다.

"허허허. 지금 노부를 상대로 도발을 하겠다는 게냐!"

헌원경의 목소리가 쩌렁하게 울리는 순간이었다.

"할아버지! 무슨 일이세요?"

안채에 있던 황보 남매가 기겁을 하며 밖으로 달려나왔다.

"용 소협, 헛간이… 무슨 일이에요?"

황보소소가 용악에게 달려가 옷을 살폈다.

"별일 아니에요."

용악이 맥 빠진 표정으로 어깨를 으쓱이며 대답했다.

"별일 아니긴요. 할아버지, 용 소협과……."

황보소소는 설마 하는 마음으로 말끝을 흐렸다.

그 눈빛을 헌원경이 모를 리 없었다.

"허허허. 궁금한 게 많은 청년이더구나."

"가주님, 황보 소저, 노사께서 명색이 식객인데 왜 헛간에서 지내냐며 화를 내시더라구요. 괜찮다고 하는데도……."

용악이 이마를 긁적이며 둘러댔다.

그러자 황보 남매의 시선이 일제히 헌원경에게로 향했다.

"할아버지……."

'허허허. 저 녀석의 말을 믿는 건 아니겠지? 아닐 게야, 누구 손자 손녀인데 겨우 저런 말에…….'

"감사해요. 진즉에 그랬어야 하는데 그동안 일도 있고 자리도 비우고 해서 신경을 못 썼어요."

황보소소가 감격한 눈으로 헌원경을 쳐다봤다.

진심이 담긴 눈빛이었다.

"허… 허허……. 너희들이 그렇게 좋아할 줄은 몰랐구나.

할애비가 헛간을 부술 생각은 없었고 그저……."

용악과 사라진 헛간을 번갈아 가리키다 너털웃음을 터뜨린 것이 전부였다.

평생을 하고 싶은 대로 살아온 사람이, 거짓말이라면 죽기보다 싫어하던 그가 손자 손녀 앞에서 하고 싶지도 않은 거짓말을 하고 있었다.

황보 남매가 환하게 웃으며 헌원경을 바라볼 때, 헌원경의 눈은 용악을 향했다. 한쪽 입술을 올리며 고소해하는 용악의 얼굴을.

'끄응…….'

헌원경의 눈이 가늘어졌다.

화가 난 것과는 다른 이유 때문이다.

어찌 됐건 용악의 거처를 부순 덕분에 손자 손녀의 어깨를 두드릴 수 있게 됐다. 그다지 나쁜 기분은 아니었다.

헌원경이 전력을 다하지 않은 것처럼 용악 또한 전력을 다하지 않았다. 헌원경을 처음 만났을 때보다 나아진 것이 틀림없었다.

"용악, 어디 가냐?"

마을 입구를 나서는 용악을 구정효가 불러 세웠다.

"어디 가요."

"그러니까 어디?"

"어디요."

용악은 짧게 대답하고는 구징효를 빤히 쳐다봤다.

대답하기 싫다는 뜻임을 구징효가 모를 리 없었다.

"알았다, 가라. 별것도 아닌 것 가지고……."

당연히 용악을 귀찮게 해야 정상인데 구징효가 갑자기 신형을 돌려세웠다. 이례적인 일이 아닐 수 없었다.

"왜요?"

"큼. 아니다. 가던 길이나 가라."

"뭔데요?"

"아무것도 아니라니까."

"…알았어요."

용악은 어쩔 수 없다는 표정으로 돌아섰다.

몇 걸음 움직였을 때였다.

"용악, 더 안 물어봐?"

"아무것도 아니라면서요. 할 말 있으면 나중에 해요."

용악은 구징효가 따라오기라도 할까 봐 급히 신형을 날렸다. 물론 구징효의 달리기로 쫓아올 정도의 적당한 속도였다.

구징효가 놓치지 않도록 적당히 거리를 유지하던 용악은 이마를 긁적이며 멈춰 섰다.

"할 말 있으면 아까 하지, 왜 센 척해서 이 고생을 해요?"

"큼. 알았으면 진즉 티를 내지!"

"재밌잖아요. 후후후."

용악이 슬며시 웃으며 구징효를 쳐다봤다.

구징효의 입이 일자로 다물어졌다.

"또 말 길게 할 거면 먼저 가고요."

"알았다! 알았다잖아! 말해, 한다고!"

"뭔데요?"

"영감탱이가 사람을 부를 모양이더라."

"영감탱이?"

"크큭. 그래, 영감탱이. 아주 제대로 어울리는 별명 아니냐?"

구징효는 생각만 해도 즐겁다는 표정으로 웃어젖혔다. 아마도 헌원경과 나누던 대화를 들은 모양이다.

"노사 앞에서 그렇게 부를 생각은 하지 않는 게 좋아요."

"큭. 걱정 마라. 장제 앞에선 그럴 일 없으니까."

"사람을 부른다는 말이 뭐예요?"

"말 그대로야. 보초 서던 녀석 중 하나가 장제가 산을 내려가는 걸 봤다더라."

"언제요?"

"어젯밤."

'근방에 아는 사람이라도 있는 걸까? 장제 정도면 따르는 자들을 둘 수도 있겠지.'

용악은 구징효의 말을 있는 그대로 받아들였다.

그러나 구징효가 그 말을 해준 데에는 다른 이유가 있었다.

"쿵. 드디어 시작되는 거다."

"시작이오?"

"장제를 쫓는 무리가 근처까지 온 거야. 그것들을 처리하러 내려갔던 거지."

구징효는 의미심장한 표정을 지으며 웃었다.

용악은 그 말이 사실이라도 구징효가 왜 웃는지 이유를 알 수 없었다.

"자신있어요?"

"자신?"

"장제를 추격할 정도의 고수들이라면 보통 실력들이 아닐 텐데, 그들을 상대할 자신 있냐고요."

"큭. 그게 나와 무슨 상관인데?"

"근데 왜 그렇게 웃어요?"

"영감탱이가 얼마나 잘났는지 보고 싶어 그런다. 쿵. 여기가 제 땅이냐? 황보 가주와 황보 소저의 땅이잖아? 그런 곳을 대책도 없이 나타나서 위험에 빠뜨리느냐, 이거다. 가뜩이나 고생하고 와서 몸을 좀 쉬게 해야 하는데… 어디서 지휘하고 있어! 쿵. 아닌 말로, 무슨 일이 있으면 '이러저러한 일이 있으니 대비하자' 라는 말도 못하냐? 적어도 우린 그런 대우 정도는 받아야 되는 것 아니냐? 우린 가주나 황보 소저를 가족처럼 대하는데 영감탱이는… 크휴, 그것만 아니었어도 벌써 ……."

"그것이라니요?"

용악이 의아한 눈으로 구징효를 쳐다봤다.

움찔.

구징효는 곧바로 대답하지 못하고 용악의 눈치를 살폈다. 일전에 했던 약속 때문에 쉽게 말을 꺼내지 못하는 것이다.

"왜 그거 있잖아."

"그러니까 그게 뭐냐고요?"

"반년이 아직 안 됐잖느냐… 큼큼."

"반년?"

용악은 반문하다 구징효와의 약속을 떠올릴 수 있었다. 반년 동안 황보세가의 외곽을 맡겠다고 했던 그 약속을.

"너무 신경 쓰지 마세요. 노사도 곧 구노가 이곳에 필요한 사람이란 걸 알 테니."

사실 용악은 헌원경이 무엇을 하려는지 그다지 궁금하지 않았다.

헌원경은 싸울 대상이 아니었다.

황보소소를 위해 가장 필요한 사람은 어쩌면 헌원경이었다.

용악은 황보세가로 돌아온 뒤로 할 일이 생겼다.

검왕을 만나 그들, 육천좌들에 대해 물어봐야 한다. 만약 그들이 약속을 어겼다면 그 대가를 치르도록 해줘야 한다.

황보소소를 두고 떠날 수 없는 상황에서 헌원경의 등장은 용악에겐 좋은 일이었다.

헌원경은 황보성과 황보소소를 따로 불렀다.

황보소소가 차를 내오며 조심스럽게 앉았다.

"차향이 좋구나."

"제가 정성껏 끓여서 그럴 거예요."

황보소소는 웃음을 머금으며 대답했다. 장난기 어린 대답에 헌원경은 흐뭇한 미소를 띠었다.

방금 한 농담으로 어제보다 훨씬 가까워진 느낌이 든 것이다.

"성아, 정비를 해야지."

"예? 정비라니요, 할아버지?"

"허허허. 황보세가의 옛 모습을 되찾아야 한다는 말이다. 모름지기 겉으로 보이는 것이 전부는 아니나, 보이지 않는 것보단 나은 법이다."

"그래야겠지요. 하나……."

황보성은 망설이다 어렵게 다시 입을 열려 했다.

그러나 막상 뭐라고 말을 해야 할지 어려웠다.

"손님들이 머물 빈각, 식솔들이 머물 전각들, 그리고 너희 둘과 내 거처. 또 빠진 게 있나… 일단은 그 정도로 해두도록 하자꾸나."

"할아버지, 지금 세가에는 그만한……."

"할애비가 다 알아서 해. 너희들 형편을 모를까. 허허허. 몇몇 친구들을 불렀느니라. 그들이 오면 이전과 많이 달라질 게야."

헌원경은 걱정하는 황보 남매를 안심시켰다.

어젯밤 태산 아래로 내려갔다 온 데에는 이유가 있었다.

'신공장 추 늙은이와 돈오 늙은이라면 충분하지. 아무렴. 허허허.'

헌원경은 생각만 해도 좋은지 연신 흐뭇한 웃음을 흘려댔다.

"그건 그렇고, 그 두 녀석은 언제까지 있겠다더냐?"

"두… 녀석이라니요?"

"소소를 호위했다던 식객들 말이다."

"그분들이 떠나신다고 하셨어요?"

헌원경의 말에 황보소소가 눈을 동그랗게 뜨며 반문했다.

"허허허. 때가 되면 떠나야지. 너희들 형편에 언제까지나 군식구를 데리고 있을 수는 없지 않느냐?"

"그분들은 군식구가 아니에요. 황보세가의 은인이세요."

"허허. 그건 너희들이 아직 어려서 그런 게야. 신분도 명확하지 않은 젊은 녀석과 낭인들과 어울리는 놈이라니……."

헌원경은 고개까지 절레절레 흔들며 혀를 찼다.

"설마 그런 내색을 그분들에게 보이신 건 아니죠?"

황보소소가 추궁하듯이 물었다.

그녀의 눈에는 결연한 의지가 담겨 있었다.

헌원경의 검미가 꿈틀거렸다.

이미 내린 결정에 왈가왈부 토를 다는 건 있을 수 없는 일이었다. 황보소소의 말투에 기분이 언짢아졌으나 이내 평온한 표정으로 되돌아왔다.

"곤란한 게로구나. 알았다."

헌원경이 고개를 끄덕였다.

"그럼 아무 일도 없었던 걸로 하시는 거죠?"

황보소소가 반색을 했다.

헌원경도 더 이상은 거기에 대한 언급은 하지 않았다. 황보 남매가 질색하는 일을 그가 직접 할 필요는 없었다. 곧 도착할 신공장에게 시키면 되기 때문이다.

용악과 구정효가 신공장과 돈오삼검을 보고도 자리를 지킨다면 내버려 둘 것이고, 알아서 떠난다면 수고를 덜게 될 것이다.

"산 아래서 두 사람을 데려오면 된다."

헌원경은 용악이 산에서 내려오길 기다렸다가 한마디 건넸다.

"그러죠. 그들을 어떻게 알아보면 되죠, 노사?"

"……."

헌원경이 이채를 발하며 용악을 쳐다봤다.

용악이 그의 말을 순순히 따르는 것이 이상한 까닭이다.

"생김새 말이에요. 아무나 데려올 순 없잖아요."

"한 명은 삼지창 수염을 하고 작은 망치를 가지고 있고, 다른 한 명은 통통한 몸에 검을 메고 있을 게다."

"단지 그것만으로 그들인지 어떻게 알죠?"

"가면 안다."

"알겠습니다."

용악은 웃으며 돌아섰다.

그러다 깜빡 잊은 것이 있다는 듯 빠르게 되돌아섰다.

"아! 이건 노사가 제게 부탁한 겁니다."

"뭐라?"

"노사가 부탁한 거고, 제가 들어주는 거죠. 맞나요?"

"허허허. 말이 많은 녀석이구나."

"맞나요?"

"……!"

헌원경의 검미가 좁혀졌다.

묘하게 용악과 말만 섞으면 화가 났다.

말을 들어주는 척하다 마지막에 속을 뒤집어놓는 것이다.

"나중에 저도 부탁 하나 하려고요."

"허, 허허… 지금 노부와 거래를 하겠다는 말이냐?"

헌원경이 기가 막힌 듯 너털웃음을 터뜨렸다.

"거래? 그것도 맞는 말이겠네요. 이번 부탁은 제가 들어주고, 다음 제 부탁은 노사가 들어주고."

"정말 하늘 높은 줄 모르고 날뛰는구나."

헌원경은 더 이상 참지 못하고 화를 내려 했다.

그러자 용악이 손을 들었다.

"싫으면 직접 가시던가요."

"……."

헌원경이 봐줬다고는 해도 이미 두 차례나 견뎌낸 녀석이었다. 그 때문에 신공장과 돈오삼검을 데려오라고 한 것인데 그만두라고 할 수는 없었다.

"좋다. 내, 들어보고 얼토당토하지만 않다면… 되도록 들어주는 쪽으로 하마."

"긴장할 것 없어요, 아주 간단한 거니까."

용악은 '픽' 웃으며 몸을 날렸다.

날렵하게 허공으로 솟구친 용악의 신형이 곧장 방향을 틀며 아래로 사라졌다.

"기물만 믿고 기고만장하지 않았다면 좋았을 녀석이… 이래서 시작이 중요한 게야. 아무렴. 소소가 보고 배울 게 하나도 없어."

헌원경은 고개를 절레절레 흔들며 돌아섰다.

*   *   *

툭. 툭.

노인은 작은 망치로 장난처럼 바위를 두들겨댔다.

뾰족하게 자란 콧수염이 양쪽으로 흘러내리며 턱수염과 합쳐서 흡사 삼지창을 연상케 했다.

"더 기다려야 하나, 신공장?"

듣는 이로 하여금 편안해지게 해주는 목소리가 있다면 노인과 같을 것이다.

솜뭉치 세 덩이를 코 양쪽과 턱에 붙인 것처럼 둥근 얼굴과 둥근 몸을 한 통통한 노인이었다.

"아, 쫌!"

신경질적으로 날카롭게 소리친 신공장은 하던 일을 계속했다.

"그래, 더 해."

둥근 노인은 웃으며 고개를 끄덕였다.

신공장의 망치는 한 번 움직이면 끝날 때까지 멈추지 않았다. 때론 이각 안에 끝날 때도 있고 때론 삼 주야를 꼬박 새는 적도 있었다.

"헌원 늙은이도 신공장이 쓸데없는 손재주 부리다 늦은 줄 알면 용서할 거야."

"돈오!"

"난 헌원 늙은이가 화나면 어떻게 하는지 잘 알지. 일단 늦은 이유를 물을 거야. 난 솔직히 대답할 거고. 신공장은 시달리겠지. 난 괜찮아. 더 하려면 더 해."

돈오라 불린 노인은 웃으면서 할 말을 모두 하고는 그제야
입을 닫았다.

그와 동시에 망치 소리도 멈췄다.

"가자."

신공장은 아쉬운 듯 조각하던 돌을 돌아봤다.

바위를 뚫고 나오려는 얼굴 없는 미녀가 거기에 있었다.

팍!

신공장의 가벼운 손짓에 태어나려던 생명이 한 줌 흙으로
돌아가고 말았다.

"돈오, 나는 또다시 살생을 하고 말았구나."

"항상 하던 일이라 안 놀라워."

"돈오!"

"귀도 막았어. 편하게 소리 질러."

돈오는 여전히 웃는 얼굴로 걸음을 옮겼다.

잠시 후.

신공장과 돈오삼검이 사라진 방향으로 세 사람이 모습을
드러냈다.

"신공장과 돈오삼검이 분명하군."

흑포를 뒤집어쓴 셋 중 한 명이 입을 열었다.

음산한 목소리가 흘러나왔다.

"장제가 태산으로 갔다는 보고가 사실인 모양이오."

"어찌할 겁니까, 이호법."

다른 두 명도 거의 동시에 말했다.

이호법이라 불린 흑포인은 잠시 대답을 주저하며 신공장과 돈오삼검이 사라진 곳을 쳐다봤다.

"우리들만으로는 장제를 상대할 수 없소."

"이대로는 돌아갈 수 없소, 이호법."

칠호법은 강한 의지를 드러냈다.

"칠호법, 누가 돌아간단 말이오? 하나 냉정할 필요는 있소. 과거와 똑같은 꼴을 당하지 않으려면."

"……!"

"……!"

칠, 팔호법의 흑포가 동시에 펄럭였다.

십여 년 전, 파천마궁으로서는 잊을 수 없는 치욕적인 사건이 있었다. 바로 파천마궁의 팔대호법 중 다섯이 한 사람에게 무참히 패한 것이다.

그 장본인이 장제 헌원경이었다.

파천마궁은 혈교의 삼대유물인 천마수, 곤(袞), 마문정(魔文政) 중 마문정으로 추정되는 목걸이를 신공장이 얻었다는 정보를 입수했다.

당연히 신공장을 찾아 오대호법이 나섰다. 하나 신공장에 대해서만 신경 썼지, 신공장의 막역지우인 헌원경이 함께 있을 줄은 전혀 몰랐었다.

헌원경과 파천마궁 오대호법의 싸움은 무려 칠 주야나 계속됐지만 결국 오대호법은 쫓기듯 도망쳐야 했다.

"일단 궁에 보고를 해야겠소."

이호법이 단호하게 말했다.

"보고… 저 둘을 저대로 내버려 둔단 말이오?"

칠호법은 믿을 수 없다는 표정으로 되물었다.

"저 둘을 잡는 건 중요하지 않소. 마문정이 과연 아직도 신공장 손에 있느냐, 그것이 문제요. 십여 년 동안 우린 놀고만 있진 않았소. 그렇다고 장제를 이긴다고 자신할 수도 없소. 팔대호법을 전부 부를 생각이오. 마문정을 되찾고… 장제도 처리하고……."

"……!"

칠, 팔호법이 그제야 고개를 끄덕였다.

이호법은 이 기회를 놓칠 수 없었다.

마문정을 얻게 되면 수라혈과 사림의 우위에 설 수 있었다. 아직 강호엔 혈교의 맥을 잇고 있는 자들이 많았다. 그들을 파천마궁이 흡수한다면 사파제일세력이 되는 것은 시간문제인 것이다.

第二章
파천마궁의 세 호법

천산마제

신공장은 태산으로 오르는 길에 멈춰 서서 위쪽을 올려다
봤다.

　"휘유, 높다."

　"가다가 자네가 딴 짓만 안 하면 금방 가."

　"저저… 멋진 나무들을 보게… 저런 바위 옆엔 선녀가 서
있어야 제격인데……."

　"지름길을 알고 있어. 이쪽이야."

　두 사람은 서로 하고 싶은 말을 연신 중얼거리면서도 나란
히 산으로 올라가기 시작했다.

　오랜 연륜이 묻어 있는 행동들이 아닐 수 없었다.

그만큼 많이 싸워왔다는 증거이기도 했다.

두 사람의 무공은 벽력정(霹靂釘)과 돈오삼검으로, 정확도에선 벽력정이 앞서고 힘에서는 돈오삼검이 앞선다.

"헌원 늙은이도 참 복이 없지. 다 늙어서 손자 손녀를 찾다니… 쯧쯧쯧."

신공장이 갑자기 혀를 찼다.

"다 늙어서 손자 손녀를 봤으니 복이 있는 거지."

돈오는 역시나 대수롭지 않게 대답했다.

"수발을 받아야 할 나이에 손주들을 본 게 무슨."

"헌원 늙은이는 그래도 수발을 받아줄 손주들이라도 있네. 자넨 없으면서 그런 소리 하면 욕먹어."

"풍뢰신장을 노리고 굽실대겠지."

"헌원 늙은이 성격에 잘도 자기가 장제라고 말했겠다."

"말했어."

"안 했어."

"난, 앞."

"난, 뒤."

대화를 잘 나누던 두 사람이 갑자기 엉뚱한 소리를 꺼냈다. 그리고는 거짓말처럼 양쪽으로 갈라지며 좌우를 향해 손을 쓰기 시작했다.

콰콰콰!

'응?'

태산이 금빛으로 물들어가는 모습을 감상하던 용악이 갑작스런 소리에 아래쪽을 살폈다.

보이지는 않지만 어느 곳에서 난 소리인지는 가늠할 수 있었다.

용악은 헌원경이 넓디넓은 태산에서 무작정 두 사람을 데려오라고 했을 때는 막막했으나 막상 소리를 들으니 고소를 금치 못했다.

그러나 백여 장 가까이 내려가던 용악이 멈춰 섰다.

소리가 두 방향으로 나뉘었기 때문이다.

두 사람이 땅이라도 파는 것이 아니라면 한 가지 경우뿐이었다.

꾸릉! 콰쾅!

신공장은 작은 망치를 쉴 새 없이 휘두르며, 뒤쪽은 무디고 앞쪽은 날카로운 벽력정을 때려댔다.

벽력정이 날아갈 때마다 비명이 끊이지 않고 터졌다.

"파천마궁의 잡기를 쓰는 것들이로구나! 어디 오늘 제대로 한번 꿰어주마!"

신공장이 다시 허리춤에서 벽력정 세 개를 꺼내 들었을 때였다.

"거기까지다, 신공장."

"……!"

신공장이 소스라치게 놀라며 목소리의 주인을 돌아봤다. 그곳엔 흑포를 뒤집어쓴 둘이 흉흉한 안광을 발하고 있었다.

"우리를 잊진 않았겠지?"

흑포인 둘이 얼굴을 가리고 있던 흑포를 벗었다.

"헉! 너, 너희들은 파천마궁의 호법……."

"흐흐흐. 십여 전에는 잘도 도망쳤다만 오늘은 도와줄 장제가 없구나."

칠호법이 싸늘하게 웃었다.

신공장은 마른침을 삼켰다.

"노인장, 헌원 노사를 만나러 오신 분이오?"

그때 엄중한 분위기를 깨며 젊은 목소리가 신공장의 귀에 들려왔다.

신공장이 고개를 돌려 건너편 나무 위를 올려다봤다.

이십대 초중반쯤 되어 보이는 잘생긴 청년이 담담한 표정으로 신공장을 내려다보고 있었다.

"자네는……."

"헌원 노사가 두 사람을 데려오라더군요. 한데 혼자인가요?"

"돈오는 저쪽… 아니네, 일단은 나부터 도와주게."

"예?"

"나를 도와 이놈들을 처리하고 나서 돈오를 도와주러 가자, 이 말일세."

"……."

용악은 신공장의 진지한 뻔뻔함에 이마를 긁적였다.

혼자만 살겠다는 태도는 아닌데 이상하게도 설득력이 느껴지기 때문이다.

"아, 뭐 해!"

"고민하고 있소."

"엥? 고민?"

"노인장을 살려주면 잔소리꾼이 더 느는 게 아닌지 몰라서 말이오."

"잔소리? 난 체질적으로 그런 거 못하는 사람이다. 그러니 어서 구해다오."

"약속한 거요?"

"약속한다!"

"그럼 먼저 가시오. 저쪽으로 곧장 올라가다 헌원 노사가 들을 수 있을 정도로 큰 소리 한 번 내고."

"가, 가라고?"

신공장은 이상해진 분위기에 칠, 팔호법의 태도를 살폈다. 두 호법은 갑자기 나타난 용악의 행동을 주시하느라 여념이 없었다.

이호법은 돈오삼검을 혼자서 상대하고 있었다.

신공장을 제압하고 그쪽으로 가야 하는데 정체 모를 청년이 나타난 것이다.

"장제는 어디 있느냐?"

칠호법이 주위를 살피며 물었다.

두 호법은 헌원경을 두려워하고 있었다.

용악의 머릿속이 빠르게 돌아갔다.

두 호법을 제외하면 나머진 문제될 것이 하나도 없다. 그렇다면 제압하진 못하더라도 위협을 가하는 정도면 될지도 몰랐다.

신공장이 이러지도 저러지도 못하고 있는 틈을 타 용악은 몸을 움직였다.

"칠호법, 조심하시오!"

팔호법이 용악의 움직임을 알아채고 재빨리 소리쳤다. 하나 용악이 칠호법의 심장에 손을 댄 것이 먼저였다. 아니, 거의 근접했다.

턱.

칠호법의 손이 어느새 용악의 손을 막고서 차가운 눈빛으로 용악을 노려봤다.

"어딜… 헉!"

칠호법이 갑자기 기겁을 하며 용악의 손을 뿌리쳤다. 용악의 손과 부딪치자마자 시큰하게 저려오는 통증이 느껴진 까닭이다.

호신강기를 펼쳐 반탄력이 작용했을 텐데도 용악의 손은

너무도 쉽게 칠호법의 팔을 잡았다.

팡!

용악은 가벼운 충돌음과 함께 몸을 두어 번 회전시킨 뒤 내려섰다. 하나 착지와 동시에 다시 두 사람에게 달려들었다.

"팔호법, 놈과 거리를 두시오!"

칠호법은 조금 전의 기이한 느낌을 생각하며 크게 외쳤다. 그리고는 양손을 어지럽게 흩트리며 검은색 구체를 만들어냈다.

"암흑대멸겁!"

팔호법은 칠호법이 펼치려는 무공을 알아보고 깜짝 놀라 외치고는, 그 역시 손가락 두 개를 모아 용악을 향했다.

그러자 검은색 선이 발광하며 길게 늘어났다.

두 사람이 펼치는 무공은 파천마궁의 팔대무서 중 두 가지인, 암흑대멸겁과 묵지혈환이었다.

뒤쪽에서 지켜보던 신공장은 두 호법의 갑작스런 어마어마한 공세에 몸을 날렸다.

"피하게, 젊은이! 저건 악마의 무공들이야!"

신공장은 뒤돌아보다 아직도 제자리에 서 있는 용악을 보고 있는 힘껏 소리쳤다.

콰콰콰콰!

이호법과 돈오삼검의 시선이 거대한 폭음이 들린 쪽으로

돌아갔다.

"저건……."

이호법은 더 이상 구겨질 수 없을 정도로 얼굴을 구겼다.
칠, 팔호법이 암흑대멸겁과 묵지혈환을 펼치지 않고선 저런
엄청난 폭음이 터질 리 없었다.

"요란하게도 싸우네."

돈오도 한마디 꺼냈다.

파천마궁의 팔대마공 중 잔상도(殘傷刀)의 위력은 돈오가
생각하는 위력을 훨씬 웃돌았다. 밀리지는 않았지만 그렇다
고 승기도 잡지 못한 상황이었다.

"돈오삼검, 신공장의 무공이 그동안 엄청나게 는 모양이구
나."

"그런가? 잘 모르겠다."

돈오는 너무도 태연하게 말했다.

말의 진의를 파악할 수 없는 표정 때문에 이호법은 다시 인
상을 쓰고 말았다.

"운이 좋았다, 돈오삼검."

"도망가는 거지?"

"큭."

이호법은 두 호법만 아니었어도 저 동그란 얼굴을 땅에 처
박고 싶은 마음이 굴뚝이었다.

"다시 덤비는 줄 알고 깜짝 놀랐네."

돈오는 전혀 놀란 것 같지 않은 표정으로 말을 하고는 검을 거두며 이호법의 뒤를 쫓아갔다.

"세상에… 이런 아름다운 광경이……."

신공장은 눈앞에 펼쳐진 광경에 입을 쩍 벌린 채 다물 줄을 몰랐다.

신공장의 앞에서 한 손을 땅에 대고 있는 용악 양쪽으로 엄청난 파괴가 일어났다.

땅은 물론이고 주위 경물들이 십여 장이나 흔적도 없이 사라지고 말았다. 마치 그 모습은 빠른 물살 위로 커다란 바위가 내려앉은, 바위만 멀쩡하고 물살이 좌우로 갈라진 듯이 보였다.

"이, 이건 말이 되질 않는다. 암흑대멸겁과 묵지혈환을 그런 허접한 동작만으로 막아내다니……."

칠호법이 황당한 표정으로 용악을 노려봤다.

말 그대로 용악이 특별히 취한 행동은 없었다. 그저 두 사람의 공격을 향해 양손을 펼쳐 낸 것뿐이었다. 하나 그것만으로 두 사람의 공격이 보기 좋게 갈라지고 말았다.

용악은 두 호법의 이어질 공격에 대비해 한 손을 땅에 대고 있었다.

'어느 정도 부상을 감수한 행동이었는데… 너무도 멀쩡하다. 마치…….'

두 호법이 일부러 용악의 양쪽을 공격한 것처럼 보일 정도였다.

"이러면 얘기가 달라지지."

신공장이 용악에게 다가오며 고개를 가로저었다.

그때였다.

신공장의 뒤쪽에서 빠른 속도로 다가오는 인영 하나가 있었다.

"이호법, 멈추시오!"

칠호법이 부랴부랴 소리쳤으나 돈오와 싸우던 이호법이 상황을 알 리가 없었다.

용악은 다가오는 이호법을 보며 인상을 찌푸렸다.

손을 떼고 이호법을 상대할 수는 있으나 그 틈을 노리고 칠, 팔호법이 덤빈다면 낭패를 면치 못할 것이 틀림없기 때문이다.

그때, 용악의 눈이 이채를 발했다.

다가오는 이호법의 뒤.

동그란 체구의 한 인영이 보였다.

헌원경이 말했던 두 사람 중 한 명이 분명했다.

'기벽.'

웅— 우웅— 푸학—!

기음과 함께 용악의 주위로 갑자기 흙기둥들이 치솟았다.

"헛!"

이호법은 솟구치는 흙기둥에 깜짝 놀라 잔상도를 휘두르며 신형을 공중으로 띄웠다.

"노인장, 한곳으로 몰아요."

용악이 멍한 표정의 신공장에게 소리치자, 그제야 신공장은 용악이 세 사람을 모두 상대하고 있다는 것을 깨닫고 급히 망치로 벽력정을 때렸다.

꽈르르릉!

픗! 픗!

벽력정 두 정이 빠르게 날아가 이호법의 몸을 꿰뚫어 갔다.

따당!

이호법은 공중으로 뜬 상태로 벽력정을 막았다가 크게 놀란 눈이 됐다. 벽력정에 담긴 힘이 생각보다 강력한 탓이다.

칠, 팔호법의 옆으로 내려선 이호법이 목까지 붉어진 얼굴로 씩씩댔다.

"어찌 된 영문이오. 장제가 나타난 것이오? 암흑대멸겁과 묵지혈환을 왜… 두 분, 왜들 손을 놓고 계시오?"

이호법은 묘한 분위기에 어이없는 표정을 지었다.

두 호법의 시선이 닿은 곳에 황당하게도 용악이 한 손을 땅에 댄 채 있었기 때문이다.

조금 전 폭발음을 만들어낸 자가 겨우 이십대 초중반의 애송이?

그럴 리 없다는 눈으로 두 호법을 돌아봤다.

설명을 바라는 눈이었다.

"이호법이 보신 그대로요."

칠호법이 아직도 조금 전의 놀라움이 가시지 않은 눈으로 대답해 주었다.

"칠호법, 그 무슨… 장제도 아니고… 겨우…….."

"궁의 팔대마공 중 두 개를 저놈 혼자서 막아냈소."

팔호법이 칠호법의 말을 증명했다.

"흙기둥 따위를 만드는 건 어렵지 않소."

"일단 물러서는 것이 현명할 것 같소, 이호법."

칠호법이 묵직한 목소리로 이호법의 말문을 막았다.

'지금 저 애송이에게 두 호법이 겁을 먹었다는 건가?'

믿을 수 없게도 사실이었다.

이호법은 두 사람에게서 말도 안 되는 감정이 느껴지고 있었다.

"장제에게 전해라. 곧 다시 보게 될 거고, 그때는 우리 궁의 물건을 회수하겠다고."

"파천마궁의 물건?"

신공장은 이호법이 어떤 물건을 말하는지 알고 있는지 콧방귀를 뀌었다.

"그 물건은 원래 혈교의 것이었다. 당연히 그 물건을 되돌려 받아야 한다, 혈교의 정통을 이은 우리 파천마궁이!"

"혈교의 정통? 수라혈과 사림도 그렇게 생각할까? 어차피 혈교가 사라진 지금, 그런 소린 귀신 씻나락 까먹는 소리와 다를 바 없다."

"신공장, 네놈이!"

"해볼 테냐?"

신공장이 지지 않고 이호법을 노려봤다.

신공장은 칠, 팔호법을 상대하던 용악의 신위를 본 후였다. 더구나 돈오까지 가세했다. 전혀 위축될 이유가 없는 것이다.

'혈교의 물건?'

용악의 눈에 이채가 감돌았다.

이호법은 더 이상 있어봐야 득될 것이 없다고 여겼는지 다른 호법들과 자리를 떠나려 했다.

"다시 돌아올 건가?"

용악이 이호법의 발을 붙잡았다.

"운이 좋아 칠, 팔호법의 공격을 한 번 막은 것 같은데… 내게는 요행이 통하지 않는다."

"다시 올 거냐고."

"놈!"

"너."

용악이 갑자기 이호법을 향해 한 걸음 다가갔다.

아주 조금 움직였을 뿐인데 이호법은 자신도 모르게 상체를 뒤로 이동시켰다.

'저 눈……'

이호법은 용악의 눈을 보고 있었다.

경고나 위협 따위를 하려는 눈이 아니었다.

"목적이 분명해야지. 노사를 찾는 거면 노사만 따로 불러. 그럼 상관하지 않는다. 하나……."

용악은 말을 멈추며 손으로 땅을 가리켰다.

용악과 이호법 사이에 선이 그어졌다.

"너희들이 돌아가지 않으면 어차피 또 올 테니 경계를 정해주지. 이 선까지다. 다음엔 이 선을 넘지 마라. 경고를 무시하고 이 선을 넘는다면… 얼마가 됐든 전부 죽인다."

일방적인 통보였음에도 파천마궁의 세 호법은 곧바로 대응하지 못했다.

용악의 눈과 몸에서 피어나는 기세가 예사롭지 않은 것도 있었지만, 그럴 수도 있다는 생각을 해버린 까닭이다.

"두고 보자, 놈."

이호법은 이를 갈며 돌아섰다.

세 호법이 완전히 사라질 때까지 용악의 시선은 움직일 줄 몰랐다.

"신공장이라 하네. 도대체 헌원 늙은이가 언제 자네 같은 젊은 고수를 키웠나? 대단해. 아주 대단해. 이봐, 돈오. 저것 보게. 저걸 이 사람이 만들었다."

신공장이 신이 나서 돈오에게 주위를 가리켰다.

"일부러 만든 거야?"

"당연히 아니지. 그 두 놈의 공격을……."

"막은 거구나."

"그래도……."

"나이도 젊은데 대단하네."

"자꾸 말 막을래!"

"나도 눈이 있는데 모르겠냐. 그리고 소리 질러봐야 소용 없어. 어차피 안 들으니까. 빨리 헌원 늙은이나 보러 가자."

돈오는 쉴 새 없이 조잘대는 신공장의 입을 기가 막힌 방법으로 닫게 만들었다.

신공장은 씩씩대다 용악과 눈이 마주쳤다.

"이……."

"이쪽이오."

용악은 신공장과 눈이 마주치자마자 곧바로 신형을 날렸다.

"이보게, 같이 가세."

신공장이 서둘러 용악의 뒤를 쫓았다.

두 사람은 헌원경이 말한 생김새와 조금도 다르지 않았다. 삼지창과 눈사람. 용악은 뒤에서 여전히 아웅다웅거리는 두 사람의 목소리를 들으며 '픽' 웃었다.

'혈교의 물건이라… 천마수에 대해 진지하게 고민해 볼 필요가 있을지도 모르겠군. 칠호법이란 자의 손목을 잡았을 때… 분명 반탄력 따위는 전혀 느낄 수가 없었다. 왜지?

용악은 신법을 펼치면서 슬그머니 양손을 맞잡아봤다.

맨손을 쥘 때와 똑같은 감촉이었다.

권좌의 무공을 익힌 자들에겐 그토록 힘겹게 싸웠는데 저들에겐 어떻게 그리 쉽게 물리칠 수 있었을까?

또 다른 고민이 생겼다.

*   *   *

천장이 보이지 않을 정도로 높은 방 안.

은발을 뒤로 넘기고 굵은 눈썹과 긴 수염을 지닌 노인이 태사의에 앉아 있었다.

나이를 가늠하기 어려울 정도로 외모와 어울리지 않는 형형한 안광이 고수라는 것을 설명해 주었다.

파천마궁주 진천마군 조빈.

그의 앞에 고개를 숙이고 있는 흑포인은 파천마궁의 총사를 맡고 있는 혈뇌 공문득이었다.

벌써 일각째 같은 자세였다.

"팔대호법을 모두 보내달라?"

느릿하지만 강한 위압감이 목소리에 실려 있었다.

"이호법의 판단으로는 이번 기회가 장제를 없앨 좋은 기회라고 여긴 모양입니다."

"장제… 악연이다. 그때 내가 나서서라도 마문정을 얻었어야 했다."

"궁주께서 움직이셨다면 마문정을 더욱 얻기 힘들었을 겁니다."

"수라혈과 사림에서도 눈치채기 때문이겠지."

"그렇습니다."

"일호법을 제외한 나머지 호법들을 보내라."

"그렇게만……."

"혈강시 두 구도 같이."

"혈강시!"

공문득은 자신도 모르게 고개를 들었다.

혈강시는 혈교의 비전에 따라 이십 년 동안 겨우 다섯 구를 완성한 파천마궁의 비밀병기나 다름없기 때문이다.

"궁주님, 그 기물들은 아직 준비가 끝나지 않았습니다. 그 것들을 다루기 위해서는……."

"공 총사, 그건 염려할 것 없다. 준비는 끝났으니까."

"예?"

공문득은 조빈의 갑작스런 말에 당혹스러움을 감추지 못했다.

"그렇게만 알고 있으면 된다. 그만 나가봐. 보고할 것이 있으면 다시 찾아오고."

조빈의 눈이 감겼다.

"……!"

공문득은 조용해진 방 안에서 일어나며 주위를 둘러보았다. 몇십 년 동안 충성을 다한 공간이 한순간에 낯선 곳으로 변해 버린 탓이다.

입술을 깨물며 밖으로 나왔다.

비녀 둘이 문을 닫고서 배웅하려 했다.

"됐다. 혼자 가겠다."

공문득은 비녀들을 뿌리치고 혼자 걸었다.

파천마궁주의 거처인 혈마전을 나오자 조빈의 납득할 수 없는 행동에 서운함이 크게 일어났다.

그런 공문득에게 다가온 사람이 있었다.

"공 총사, 사부님… 공 총사, 무슨 일인가?"

조빈의 셋째 제자 악지군이었다.

"무슨 일이라니요? 셋째 도련님이야말로 여긴 어쩐 일이십니까?"

"사부님께 드릴 말씀이 있어서 왔네."

"궁주님께선 안에 계십니다."

공문득이 가볍게 고개를 숙이며 악지군을 지나치려 했다.

"그 기분, 나도 아네."

"……!"

"아무리 노력해도 사부님께선 항상 나를 내치셨지. 공 총사의 표정을 보고 한눈에 알아봤네. 그렇다고 특별히 해줄 건 없지만… 후후. 그만 가보겠네."

"자, 잠시만……."

"할 말이라도 있나?"

"…궁주님은 무서운 분이십니다. 조금 전에 하신 말씀…
이번은 잊을 테니 다시는 꺼내지 마십시오."

공문득은 단호한 표정으로 말을 끝내고는 곧바로 몸을 돌
렸다.

악지군의 눈매가 가늘어졌다. 분명 공문득의 표정에는 허
무함이 담겨 있었다. 조빈의 성격은 포용하는 자의 그것이 아
니라, 포식하는 자의 그것이었다.

곁에 있는 누구라도, 설혹 그것이 제자든, 자식이든 그를
넘보는 순간 잡아먹히게 되는 것이다.

'제길, 정보 좀 얻으려다 한 방 먹은 셈이 되고 말았네. 저
런 꼬장꼬장한 영감이 어째서 첫째 형에겐 그토록 살갑게 대
하는 건지.'

악지군은 폐관 중인 공투의 광인과 같은 모습을 떠올리다
가 이내 고개를 가로저었다. 아무리 생각해도 공투는 차기 궁
주감은 아니었다.

'삼부절에서 하나만 더 늘이면…….'

부좌의 무공인 일부일혈은 강기를 사용할 때에야 진정한
위력을 발휘할 수 있었다. 현재 악지군의 삼부절로는 겨우 강
기 하나, 그것도 한 번 이상 시전하기 어려운 상황이었다.

물론 강기를 만들어낼 수 있는 것만으로도 절정의 거의 마지막 단계에 들어섰다 할 수 있었다. 하지만 그 정도 무공으론 파천마궁의 열 손가락 안에 들기도 힘들었다. 또한 오부절을 펼치는 외혁우와 비교하면 털끝에도 못 미치는 수준인 것이다.

악지군은 슬쩍 혈마전을 돌아보고는 반대쪽으로 몸을 돌렸다. 애당초 조빈을 만날 생각이 없었다.

밤이 깊었다.

악지군의 창문이 살짝 열리더니 검은 액체가 방 안으로 흘러들어 왔다.

들어온 액체는 서서히 일어나며 사람의 형상을 갖추더니 이내 하얀 살결에 농염한 몸을 지닌 여인이 됐다.

양옆으로 찢어진 눈과 올라간 입꼬리로 보아 색을 무척이나 밝히게 보였다.

여인은 흑포를 벗어던짐과 동시에 악지군의 침상으로 들어갔다.

"사형……."

"왔구나, 미려. 네 환술은 시간이 갈수록 대단해지는구나."

악지군은 진즉부터 알고 있었던지 자연스럽게 미려의 머리를 쓰다듬어 주며 자신의 가슴으로 끌어당겼다.

"보고 싶었어요."

뜨거운 시선이 악지군의 이마에서부터 가슴까지 한순간에 훑어 내려갔다.

"으음……."

눈은 차갑지만 신음은 뜨거웠다.

악지군은 더 내려가려는 미려의 머리칼을 쓸어 올려주며 가볍게 입을 맞춰주었다.

"먼저 얘기부터."

"사랑해 주세요."

"얘기 끝나면 얼마든지."

악지군의 입가에 매력적인 미소가 얹혀졌다.

더 이상 졸라봐야 안 된다는 것을 알았는지 미려는 출렁이는 가슴 위에 팔짱을 끼며 일어났다.

"사형의 예상대로예요."

"내 예상대로라면?"

"대략 일 년 반쯤 전에 천산에서 엄청난 싸움이 있었대요. 당연히 천산마제와 검왕의 싸움인 줄 알았지요. 한데, 그 둘의 얘기가 아니었어요. 싸움을 건 자들은 열 명이었는데 어마어마한 강자들이었나 봐요. 그들의 손에 일 초를 넘기는 사람들이 없었다고……."

"일 초?"

악지군은 미려가 말하는 '그들'이 바로 십천좌들임을 직감했다.

"미려, 자세히 좀 말해줘 봐."

악지군이 흥미로운 표정으로 미려의 얼굴을 쓰다듬었다. 미려는 배시시 웃으며 악지군의 머리를 당겨 자신의 가슴에 묻었다.

"그다음은 모르겠대요. 그들의 눈에 띄는 순간 죽게 될 게 뻔한데 그 자리를 지킬 사람이 어디 있겠어요? 놀라운 건, 그 말을 해준 자들이 우리 궁의 팔대호법과 맞먹는 실력자들이었다는 거예요. 그런 자들을 일 초에… 아웃! 생각만 해도 짜릿해!"

미려는 한껏 달아오른 표정으로 천산에서 만난 자들을 생각하며 좋아했다.

무슨 일이 있었던 것이 분명했지만 더 물어봐야 달아오른 미려가 얘기할 리 없었다. 악지군은 서서히 미려의 몸 위로 올라갔다.

"그들을 어떻게 했대?"

"아, 음… 몰라요. 자기들도 모른다고 묻지 말래요. 으음… 학! 그만, 그마안… 어서, 어서……."

"모른다고?"

악지군이 손을 멈추었다.

그러자 미려는 눈을 뜨며 인상을 썼다.

"정말 이럴 거예요?"

"내가 하고 싶은 말이야."

"둘이었대요. 그날 있었던 일에 대해 말해준 자에 의하면 그래요. 누군지는 정말 말하지 않았어요."

"둘?"

그제야 악지군의 손이 다시 움직이기 시작했다.

곧 미려는 숨넘어가는 신음과 함께 악지군을 끌어안았다. 좀 더 나올 내용이 있다는 것을 의미하는 몸짓이었다.

악지군은 이내 영활한 손놀림으로 미려의 등이 활처럼 휘도록 만들어주었다.

*　　　*　　　*

용악은 헌원경이 헛간을 부순 날 이후로 줄곧 구징효와 함께 지냈다.

"저기 네가 데려온 늙은이 둘이 나온다."

구징효가 창문을 가리키며 말했다.

"큼. 이쪽으로 오는데?"

"그래요?"

용악은 팔베개를 하고 있다 밖으로 나갔다.

신공장과 돈오였다.

"소협과 같은 사람이 이런 곳에서 지내다니… 헌원 늙은이에게 내 한 소리 하고 오는 길일세."

신공장이 철랑대원들의 숙소를 보며 인상을 찌푸렸다.

"이런 곳? 거, 너무 막말 하는 거 아닙니까?"

구징효가 용악을 따라나오다 신공장의 말에 삐딱한 말투로 한마디 건넸다.

"곧 자네에게 근사한 거처를 마련해 줄 것이니 불편하더라도 조금만 참게. 내 손이 닿으면 아무리 하찮은 것도 훌륭해지지."

구징효의 툴툴거리는 소리를 듣기나 했는지 신공장은 눈길 한 번 주지 않고 용악에게 하고 싶은 말을 했다.

"큭. 이거 너무하는구만."

구징효가 참지 못하고 막 나서려 할 때였다.

"너는 뭐냐?"

돈오가 갑자기 뜬금없는 질문을 건넸다.

"너? 지, 지금 내게 너라고 한 거유?"

"그래. 너, 뭐냐?"

"크핫! 그러는 똥그란 늙은이는 뉘슈?"

"난, 돈오다."

돈오가 너무 쉽게 대답하자 구징효는 일순 대답을 못하고 머뭇거렸다.

"큭. 난, 구… 가, 가만… 도, 돈오? 호, 혹시 돈오삼검… 이시우?"

구징효의 눈이 동그래지며 돈오를 쳐다봤다.

강호 활동을 거의 하지 않는 돈오삼검이지만 구징효의 강호 지식이라면 모를 리가 없었다.

"그 돈오 맞다. 넌 누군데? 너도 신공장 늙은이처럼 조잘거릴 거면 그만두고."

"무, 무쌍권 구징효가 돈오 선배를 뵙습니다."

구징효가 갑자기 포권을 취하며 크게 외쳤다.

"나를 아는구나?"

"어찌 돈오삼검을 모를 수가 있겠습니까."

구징효는 꽤나 진지했다.

"돈오삼검이란 이름을 들어봤다는 거군. 뭐, 나도 무쌍권이란 이름은 들어봤다. 신공장 늙은이, 내 말이 맞잖아. 외기를 살갗처럼 사용하는 무공은 무쌍문뿐이라고."

갑자기 돈오의 시선이 신공장에게로 돌아갔다.

"흥. 어쩌다 한 번 맞춘 모양이다, 돈오 늙은이? 저 무식한 놈이 무쌍권을 대성하지 못해서 맞춘 것뿐이니까 너무 자랑하지 마라."

"자랑이 아니라 네가 틀렸다는 말이다."

"그 말이 그 말이지."

"다르지. 넌 틀렸고, 난 맞았다."

신공장과 돈오의 말싸움은 그 뒤로도 한참이나 계속됐다. 그렇다고 언성이 높아지거나 하는 건 아니었다. 단지 두 사람이 왜 용약과 구징효를 찾아왔는지 대답할 시간이 늦춰지고 있을 뿐이었다.

"구노, 들어가요."

용악은 보다 못해 숙소 안으로 들어가려 했다.

"이, 이보게, 소협."

"잠깐 서."

신공장은 용악을, 돈오는 구징효를 동시에 불렀다.

"이제 찾아온 용건이 기억났소?"

용악의 표정은 처음과 똑같았다.

"역시 헌원 늙은이가 그리 생각할 만해."

"헌원 늙은이가 싫어했지."

또다시 두 사람이 동시에 입을 열었다.

"노사가 저를 보잡니까?"

"황보… 세가라고 하긴 이상하지만 이곳을 번듯하게 바꾸려고 하네. 자네가 도움을 줄 거라고 하더군."

"난 됐으니 알아서 하시오."

용악이 시큰둥하게 대답하며 돌아서려 했다.

"소소가 부탁한다고 하던데?"

"……."

용악이 돌아서던 몸을 원래대로 돌렸다.

"히히히. 이번엔 내가 이겼다, 돈오 늙은이."

"여색을 밝히는군."

"비긴 거다."

"그래, 비겼다."

용악은 두 사람의 대화를 유심히 살펴봤다.

두 사람은 괴짜였다.

자신들이 하고 싶은 대로 살아왔기에 다른 사람들의 시선 따위는 전혀 신경 쓰지 않는 부류인 것이다.

이런 부류를 다루는 데 용악은 꽤나 익숙했다.

천산무인들 대부분이 그러했기 때문이다.

"예전 황보세가로 만드는 데 얼마나 걸리겠소?"

용악이 두 사람에게 물었다.

"석 달."

"두 달."

"석 달이면 충분하다고 했잖아."

"그건 그냥 한 말이고. 이런 황무지 같은 곳을 어떻게 두 달 만에 예전처럼 되돌려!"

신공장과 돈오가 또다시 싸우려 했다.

"두 달은 힘들다?"

용악이 슬쩍 끼어들었다.

"당연하지. 그건 말도 안 되는 소리네!"

신공장이 용악의 결정에 버럭 소리를 질렀다.

"자신이 없는 모양이군. 하긴 약속 같은 건 노인장과 어울리는 건 아니지."

"야, 약속? 내가 언제 소협과 약속을 했나?"

"파천마궁의 호법이란 자들과 싸울 때……."

"아! 아… 그게 그러니까… 그때는…….."

신공장은 용악과 약속한 것을 그제야 기억해 냈다.

하지만 무슨 약속을 했는지는 기억이 나질 않았다.

"잔소리…….."

"기억나네! 한데 그것과 약속이 무슨 상관인가?"

"어차피 안 지킬 약속이니 마음대로 하시오."

용악은 혼자 결정을 내리고는 숙소로 들어가 버렸다.

남겨진 신공장은 횡한 눈으로 들어가는 용악의 뒷모습만 쳐다보며 잡지 못했다.

"네가 졌다. 저 녀석 말대로 너는 약속을 안 지켜. 툭하면 멈춰 서서 기다리게 하고."

"닥쳐!"

"안 들려."

돈오가 먼저 돌아섰다.

그러다 갑자기 다시 되돌아섰다.

"너, 나 좀 보자."

돈오의 눈이 구징효를 가리켰다.

구징효는 당황한 표정으로 손가락으로 자신을 가리켰다.

"그래, 너. 무식하고 힘만 세게 생긴 너."

돈오는 구징효가 핏대를 세우며 화난 눈으로 바라보자 가볍게 한숨을 내쉬며 따라오라고 손짓했다.

돈오에게서 보기 힘든 감정 표현이 아닐 수 없었다.

"흐음. 저 늙은이가 어지간히 자네를 마음에 들어하나 보군. 따라가. 난 저 늙은이가 다른 사람에게 먼저 말을 거는 걸 본 적이 없어."

신공장은 구징효에게 한마디 툭 던지고는 이내 신경질적인 표정으로 돌아갔다.

"이미 머릿속에는 그림이 다 그려져 있지만 재료는 어떻게 하라고? 내 사제를 털어서라도 만들라는 거야, 뭐야? 헌원 늙은이, 십여 년 전에 목숨 한 번 구해줬다고 너무하는 거 아니야!"

머리를 쥐어짜며 걸으면서도 신공장의 입은 멈출 줄을 몰랐다.

구징효는 눈동자를 좌우로 굴리다 지금 따라가지 않으면 큰 손해란 것을 직감하고 곧장 돈오를 따라 몸을 날렸다.

"무쌍권을 어디까지 익혔냐?"

돈오는 기다리고 있다 구징효가 다가오자 다짜고짜 물었다.

"킁. 어디까지 익혔다고 하면 돈오 선배가 알아들을 수 있소?"

"말해봐."

"무쌍포 대붕까지 펼칠 수 있수."

구징효는 대충 대답해도 어차피 돈오가 모를 것이라 여기고 성의없이 대답했다.

"그건 겨우 팔성인데?"

'어라? 이 노인네가 그걸 어찌 알지?'

"궁금해하지 마. 안 가르쳐 줄 거야. 해봐."

"……?"

"무쌍포 대붕을 펼쳐 보라고."

"선배께선 잘 모르셔서……."

"내게 펼쳐 봐. 이 자리에서 한 발자국이라도 움직이게 만들면 붕탄(鵬彈) 날리는 수법을 알려줄게."

"부, 붕탄!"

구징효가 갑자기 기함을 했다.

붕탄은 구징효의 사부인 전대 무쌍문주조차 완성하지 못한 초식이었다.

그것을 돈오가 알고 있었다.

오만가지 생각이 구징효의 머릿속을 빠르게 지나갔다. 어쩌면 생각지도 못한 기연을 이 자리에서 얻을지도 몰랐다.

"그렇게 멍청한 얼굴로 계속 있을 거면 그냥 간다."

"큭. 하, 하겠소!"

"해봐."

돈오는 결연한 표정의 구징효를 보며 검을 뽑았다.

기우— 우— 웅—!

구징효의 양 주먹에서 기이한 소리와 함께 와류가 형성되기 시작했다.

그때였다.

쉭.

돈오의 신형이 갑자기 구징효의 눈앞에서 사라졌다.

구징효는 흠칫 놀란 눈빛을 했으나 기감을 이용해 돈오를 찾았다.

'뒤… 옆… 다시 뒤… 젠장할 늙은이! 가만히 좀 있으란 말이다! 그렇게 움직일 거면 애당초 대붕을 펼치라고는 왜 했냐!'

속으로 갖은 욕을 다 했으나 돈오를 찾는 것이 먼저였다. 양 주먹에 뭉친 기를 해소시켜야 하기 때문이다.

과웅—!

확실하진 않지만 기척이 느껴진다 여겼던 곳으로 힘껏 대붕을 펼쳤다.

판단이 정확하지 않다고 해도 대붕은 방향을 바꿀 수 있었다.

퍽!

"큭!"

구징효는 등짝이 화끈거리리는 걸 느끼며 정신이 번쩍 들었다.

이어서 양어깨와 두 무릎, 그리고 머리까지 돈오의 검이 쉴 새 없이 누벼댔다.

그렇게 일각 가까이 지났을까?

구징효는 땅바닥에 처참하게 드러누워 하늘을 보게 됐다.

"이, 이런… 염병할… 대붕을 펼치라고 하고는 이리저리

도망… 큭… 치사한 영감탱이!"

"이제야 속이 다 시원하네."

돈오는 화끈하게 손 푼 걸 음미하듯이 검신을 두드렸다.

이때까지도 구징효는 설마 하는 마음을 갖고 있었다.

칠십은 훌쩍 넘은 노인이, 그것도 강호에서 제법 명망을 지닌 정파의 고인이 사람 패는 취미를 가졌을 리 없다는, 착하고 순진무구한 생각을 버리지 않은 것이다.

돈오의 눈사람 같은 동그란 몸이 구징효의 시야에서 멀어질 때까지도 그랬다.

"으아, 빌어먹을 영감탱이! 오늘 사생결단을 내보자!"

구징효는 어디서 그런 힘이 났는지 자리에서 벌떡 일어나 곧바로 돈오의 뒤를 쫓아갔다.

그러나 잡혀줄 돈오가 아니었다.

물론 잡혀주고 싶어도 구징효의 달리기가 너무 느린 까닭도 있었다.

그 뒤로 한참 동안 황보세가 뒤쪽 공터에는 '다다다다' 거리는 소리가 끊이질 않았다.

더욱 놀라운 것은 구징효를 두들겨 팰 때까지 돈오가 한 걸음도 움직이지 않았다는 것이다.

第三章
방문

천산마제

며칠 뒤.

신공장의 고민이 깨끗이 사라지는 놀라운 일이 황보세가
에 일어났다.

황보세가로 엄청난 인원뿐만 아니라 끝을 모르는 긴 수레
행렬이 뒤따랐다.

"양주묵가의 묵정곤과 형양예가의 예소정 소저가 황보 가
주님을 뵙고자 찾아왔습니다."

마을 입구에서 정중하게 포권을 취한 묵정곤과 예소정에
게 미리 기다리고 있던 황보성이 마주 포권을 취했다.

"황보세가의 가주를 맡고 있는 황보성이라고 합니다. 공자

에 대한 얘기는 소소로부터 들었습니다. 누추하지만 안으로 드시지요."

황보성이 예를 갖춰 안채로 손짓을 했다.

그러자 묵정곤이 뒤쪽으로 길게 늘어선 행렬을 가리키며 다시 입을 열었다.

"양주묵가를 포함한 일곱 세가에서 보낸 감사의 선물입니다. 받아주십시오."

"예?"

"작은 성의일 뿐입니다."

묵정곤은 황보성의 곁에 서 있는 황보소소에게 가볍게 고개를 숙여 보였다.

그 의미를 황보소소는 알고 있었다. 황보소소를 향한 것보다는 용악을 향한 감사의 표시임을.

"곧 구 대협과 용 소협도 오실 거예요. 안으로 드셔서 말씀 나누세요. 소개해 드릴 분도 계세요."

황보소소의 목소리가 밝았다.

"묵 공자님, 정말 이곳이 황보세가인가요?"

거의 들리지 않을 정도의 작은 목소리로 예소정이 묵정곤에게 물어봤다. 묵정곤 역시 황보세가의 황폐한 모습에 다소 놀란 상태였다. 헛기침을 몇 번 하며 예소정의 입을 막은 다음 조용히 황보소소의 뒤를 따라갔다.

혁련세가의 일 이후 부쩍 다정해진 두 사람은 어느새 연인의 모습이 자연스럽게 흘러나오고 있었다.

"그건 저쪽에다, 아니, 거기 말고, 그렇지, 거기. 어이, 그 물건은 저기 저쪽."

묵정곤과 예소정의 방문으로 제일 신이 난 사람은 신공장이었다.

평생 건물 짓는 일을 해온 도편수들과 기술자들을 이리저리 손짓으로 부리며 가끔씩 손으로 삼지창 수염을 매만졌다.

방으로 들어간 묵정곤과 예소정은 황보성의 이해를 돕기 위해 소호와 혁련세가에서 있었던 일을 자세히 설명했다.

그러나 얘기를 듣던 황보성의 표정이 점점 침중해졌다. 혁련세가의 횡포와 왜 그런 짓을 저질렀는지에 대해 들을수록 황보소소에게 못할 짓을 했다고 여긴 까닭이다.

당시의 상황이 얼마나 대단했는지는 십이대세가 중 무려 일곱 곳에서 황보세가의 재건을 위해 재료며, 기술자들이며, 재정적 지원까지 바리바리 싸들고 찾아온 것만 봐도 알 수 있었다.

"혁련세가를 제외한 나머지 세가들 중 일곱 곳에서 뜻을 모았습니다. 앞으로 십일대세가의 모든 행사를 황보 가주의 뜻에 따르도록 하겠습니다."

"예?"

황보성이 깜짝 놀라 되물었다.

무슨 소리를 듣기는 했는데, 이해도 분명히 했는데 가당찮은 소리란 생각부터 먼저 들었기 때문이다.

"십일대세가는 강호 각지에 퍼져 있습니다. 각 세가에서 전해오는 정보만 모을 수 있다면 큰 힘이 될 수 있다고 생각합니다."

묵정곤은 말을 하면서 그 가능성에 대한 확신 때문인지 눈을 반짝이기까지 했다.

"그럼 묵 공자가 직접 하시지 왜 제게 그런 어려운 자리를 청하는지요?"

"제가 할 수 없는 자리입니다. 저와 예 소저를 포함한 일곱 세가의 용봉들을 이끌어줄 분은 황보 가주님뿐입니다."

묵정곤의 간청을 들은 황보성은 잠시 아무 말도 하지 않은 채 가만히 듣고만 있는 황보소소를 돌아봤다.

'이런 얘기는 없었잖느냐'고 묻는 것이다.

망설이는 황보성이 답답했던 모양이다.

묵정곤이 다시 정좌한 채 입을 열었다.

"황보 가주님, 허락하겠다고만 하시면 됩니다. 혁련세가로부터 가장 큰 피해를 입은 곳이 바로 황보세가입니다. 그다음은 어디가 될지 모르는 상황이었습니다. 혁련휘지가 십이용봉대회에 참석하는 모든 용봉들을 인질로 잡고 십이대세가를 마음대로 주무르려 했으니까요. 그것을 막아주신 겁니다."

굳이 언급하진 않았으나 용악의 얘기란 걸 황보성이 모를 리 없었다.

그러나 지금도 과했다.

황보세가의 가주란 신분도 그저 지키는 데 급급한, 아니, 아무것도 하지 않기에 할 수 있는 자리였다. 지금 이상 욕심을 내는 것은 옳지 않았다. 뿐만 아니라 거시적으로 봐도 황보세가에 해만 될 뿐이었다.

황보성이 고개를 절레절레 흔들었다.

"황보 가주님, 형양예가는 황보세가를 은인으로 여기고 있어요. 누구든 맡아야 할 자리라면… 그 시작을 황보 가주님이 맡으셨으면 한다는 것이 우리의 뜻이기도 해요. 비교할 순 없지만, 여의단의 경우 구대문파가 연합을 했으면서도 지난 세월 잘 운영되어 왔잖아요. 우리도 작은 힘이지만 모이면 충분히 가능하리라 여깁니다."

예소정의 말은 공감하고도 남았다.

젊음은 누구나 꿈을 꾸게 하기 때문이다. 당사자인 황보성이 대표 자격이 없다고 생각하지만 않는다면.

"제……."

황보성이 막 거절을 하려 입을 뗐을 때였다.

문이 열리며 귀에 익은 목소리가 말을 가로막았다.

"성, 자네라면 나도 찬성하겠네."

사람들의 시선이 일제히 문가로 돌아갔다.

"기! 자네 언제 왔나?"

황보성의 얼굴이 환해졌다.

문가엔 휜칠한 키에 잘생긴 얼굴의 제갈기가 웃는 얼굴로 들어와 있었다.

"소개가 늦었습니다. 제갈세가의 제갈기라고 합니다. 혁련 휘지의 강압에 못 이겨 십이용봉대회에 참석하려 했으나… 성, 저 친구 덕분에 싸우기로 결심하고 태산을 지키고 있었 죠. 하하하."

제갈기는 자조 섞인 말을 하면서도 표정은 밝았다.

사정을 이미 알고 있는 묵정곤과 예소정이 밝게 웃으며 반 겼다.

"황보세가가 그동안 어떤 일을 겪었는지 저보다 잘 아는 분은 없을 겁니다. 정작 그걸 알면서도 도움은 못 됐죠."

"기, 그게 무슨……."

"해서! 이번 기회에 황보 가주에게 도움이 되고자 합니다. 제가, 제갈세가의 머리인 제가 십이대세가 연합을 구축할 수 있는 계획안을 만들고 추진하겠습니다. 물론, 십이대세가의 대표는 황보 가주입니다."

제갈기가 너무도 강력하게 밀어붙이는 바람에 황보성은 거절할 순간을 놓치고 말았다.

"오빠, 오빠가 정말 자랑스러워요."

황보소소의 한마디로 황보성은 한숨을 내쉬고 말았다. 사실 제갈기 등의 말은 거절하는 데 문제될 것이 없었다.

그렇지만 황보소소의 한마디는 달랐다.

황보성을 가장 잘 아는 황보소소가 한 말이기에 속에서 갑자기 뜨거운 무언가가 끓어오르는 것을 느낀 까닭이다.

"기, 자네가 도와준다는데 더 거절하는 것도 도리는 아닌 것 같군. 할아버지께서도 들으시면 좋아하시겠다."

"할아버지?"

제갈기가 의아한 눈으로 황보성을 쳐다봤다.

황보성의 가족 사항을 잘 아는 그이기에, 할아버지란 말은 처음 듣는 말이었다.

"얼마 전에 찾아주셨어. 외할아버지셔. 팔순이 넘으셨다는 것이 믿기지 않을 정도로 정정하시고."

황보성은 자랑처럼 헌원경에 대한 칭찬을 늘어놓았다.

"오빠, 제가 모셔올까요?"

"어디 계시는지 알고 있었으면서 왜 모시지 않고……."

"새로 오신 두 분 할아버님들과 함께 계실 거예요. 잠시만요."

황보소소는 빠르게 말을 마친 후 밖으로 나갔다.

이 순간 헌원경보다 먼저 떠오르는 얼굴이 있었다.

황보세가를 더 높은 곳으로 도약시켜 준 사람, 용악이었다.

돈오는 구징효를 팬 그 다음날부터 하루가 멀다 하고 불러냈다. 붕탄을 알려주겠다는 돈오의 유혹은 다시는 보지 않겠다는 구징효의 다짐을 단번에 무너뜨리고도 남았다.

"그만?"

돈오는 검을 거두며 구징효를 쳐다봤다.

역시나 표정은 없었다.

"큭… 저, 정말 이렇게 하면… 붕탄을 얻을 수 있는 거유?"

구징효는 뭘 어떻게 해보고 싶어도 돈오가 잡혀주질 않으니 환장할 지경에 이르러 있었다.

"못 믿겠으면 안 하면 돼. 갈까?"

"자, 잠깐! 더 합시다… 한 번 더!"

구징효는 숨을 몰아쉬다 냅다 주먹을 뻗었다.

비겁해도 한 방만 먹일 수 있다면 여한이 없다 생각했다.

그러나 돈오는 무표정한 얼굴만큼이나 행동이 깔끔했다. 구징효의 주먹을 검신으로 감싸듯 놓더니 검으로 검을 채는 '착'이란 수법을 사용해 옆으로 매몰차게 날려 버렸다.

쿵!

벌써 몇 번째나 반복되는 짓인지 몰랐다.

구징효는 입으로 들어간 흙을 뱉어내며 분노를 표출했다.

"그만?"

"크큭. 용악에게 당한 건 똥글영감에게 당하는 것에 비하면 양반이군. 그만? 웃기는 소리. 내가 그 똥그란 몸을 날려

버릴 때까지… 계속한다. 크아아아아아!'

구징효의 입에서 거대한 고함이 터지며 돈오를 향해 무작정 달려갔다.

며칠 전에 비하면 비약적으로 발전한 속도였다.

"그러던지."

돈오는 남의 일이라도 되는 것처럼 콧방귀를 뀌고는 다시 검신을 들어 올렸다. 물론 곧이어 구징효의 단단한 몸통과 땅이 충돌을 일으켰다.

쿵!

구징효와 돈오의 우스꽝스러운 대결이 계속되는 공터 위, 용악과 헌원경이 아래를 내려다보고 있었다.

"저런 무식한……."

"저게 구노의 방식이에요."

"머리가 있다면 돈오 늙은이가 왜 귀찮은 일을 시작했는지 알아차렸을 게다."

"알고 싶지 않은 거겠죠."

용악이 지지 않고 대답했다.

당연히 헌원경의 얼굴은 굳어졌다.

"돈오 늙은이를 때릴 수 있다고 여기는 모양이구나."

"당연하죠."

"허허허. 무얼 믿고?"

"글쎄요. 그러는 노사는 뭘 믿고 그리 자신하는 건가요?"

"나? 나는 이 두 손을 믿는다. 이 두 손은 거짓말을 안 하거든. 평생을 바쳤다. 그것만으로도 충분하지 않을까? 허허허. 너는 어떠냐?"

순간적으로 나온 질문은 아니었다.

이미 물어볼 생각으로 준비하고 있었던 것이다.

"두 손이라. 저 역시 짧지만 지금까지 살아온 모든 시간을 이 두 손에 담았으니… 저도 이 두 손을 믿는다고 해야겠네요."

"네 두 손을? 허허허."

헌원경은 기가 막힌 듯 웃었다.

용악이 그의 평생과 견주려 들었기 때문이다.

"자신하느냐?"

"자신했었죠."

"…자신했었다?"

헌원경은 용악의 예상치 못한 대답에 반문했다.

"다치기 전까지는."

"다치기 전… 허! 지금이 다친 상태라는 게냐?"

가당치 않은 대답이기에 헌원경은 화를 낼 수밖에 없었다.

그러나 용악의 담담한 표정에 전혀 변화가 없는 것을 보고 어쩌면 사실일지도 모른다는 생각을 했다.

만약 사실이라면?

다친 상태에서 헌원경의 공격을 막았다?

겨우 이십대의 애송이가?

헌원경의 심장이 빠르게 뛰기 시작했다.

"노사, 믿지 못하는 건 이해하지만 그렇다고 화를 낼 일은 아닌 것 같은데요?"

"증명해 봐라."

"뭘요?"

"네가 다친 상태라는 걸."

"과거는 중요하지 않지요. 현재가 중요합니다. 네, 압니다. 내 나이에 그런 무공을 어쩌고저쩌고… 너무 많이 들어서 잘 아니까, 그런 눈으로 보지 마세요."

용악이 씁쓸하게 웃었다.

"증명해 보라고 했다."

헌원경은 그 말이 더욱 듣기 싫었다. 마치 헌원경이 질투라도 하는 것처럼 여기는 태도였기 때문이다.

"굳이……."

"네 손에 대한 정의를 말해봐라."

"손이요?"

"그것은 파(破)를 위한 것이냐, 활(活)을 위한 것이냐."

"파? 활? 흠. 대답하기 곤란하군요. 하나, 어떻게 사용할 거냐는 질문과 같다면… 그 상황을 내 의지대로 만들어 버릴 때 사용하겠다, 이것이 대답이 되겠네요."

"……!"

헌원경은 허를 찔린 표정이 됐다.

수많은 대답을 기대했다. 대의를 위해서라든지, 자신을 위해서라든지, 또 다른 무언가를 위해서라든지.

하지만 용악의 대답은 헌원경이 생각하는 그 어떤 것에도 속하지 않았다. 오만했다. 아니, 오만 이상의 자만이 담긴 대답이었다.

"그 어떤 상황이든 네 의지대로 만들겠다? 그게 가능하다고 생각하는 거냐?"

헌원경의 목소리가 부쩍 커졌다.

"가능했던 적이 있었죠. 지금은 다시 그 상태로 되돌리려는 중입니다. 뭐, 가능하다면 말이죠. 하하하."

용악은 대답을 하고 나자 쓸데없는 말을 했다는 생각이 들었다. 더 말을 이으려다 그냥 멋쩍게 웃고 말았다.

"광오하구나. 네가 중심이 되지 않으면 그 누구도 인정할 수 없다?"

"그런 것과는 다른 건데… 그렇게 들으셨다면 그것이 노사의 정의겠지요. 조금 전의 질문에 대한."

"……!"

용악의 담담한 대답과 달리 헌원경은 크게 놀란 눈치였다.

'이놈, 얘기를 나눌수록 나를 놀라게 하는구나.'

헌원경 자신이 스스로를 그렇게 여기기 때문이다.

오악무제가 삼왕보다 한 수 아래라는 것은 세간의 평가이고 헌원경은 그렇게 생각하지 않았다.

"무상(無上)과 뭐가 다른 거냐? 네 말대로라면 네 위에는 존재할 사람이 없겠구나."

'무상이 아니라… 무벽(無璧)이겠지요. 무상은 사람들이 만들어낸 것이고 무벽은 내가 만들어낸 것이니.'

용악의 머릿속은 화두를 푸는 쪽에서 어느새 화두를 던지는 쪽으로 변하고 있었다.

무벽.

말 그대로 만벽의 그다음일 것이다.

어떤 경지일지 생각만 해도 기분이 좋아졌다.

"노부 말을 인정한다는 뜻이냐?"

헌원경은 용악이 대답을 하지 않자 다시 되물었다.

"아니요."

"아니라고?"

헌원경이 갑자기 화두를 던진 데에는 이유가 있었다.

신공장과 돈오가 파천마궁의 세 호법을 용악이 어떻게 물리쳤는지 자세히 설명을 해주었다.

헌원경의 판단으로는 분명 용악의 무위가 신공장은 이길지언정 돈오에겐 무리였다. 하나 당사자인 돈오가 용악을 상대로 자신없어했다.

"그 수투 때문이라고 여겼거늘, 아니었더냐?"

용악의 실력에 대해 묻는 말이었다.

"자세한 설명은 할 수 없고… 노사의 생각과 반대라고 여기면 될 겁니다."

"반대라고?"

'반대죠. 수투 때문에 발휘할 수 있는 힘의 이 할을 잃고 있는데……'

용악은 곧이곧대로 대답했다가는 어떤 결과를 초래할지 너무나 잘 알고 있었다. 쓴웃음을 지으며 얼버무리기로 했다.

"그만 일어나야겠네요. 황보 소저가 노사를 찾는 것 같은데요? 아! 두 노인장이 그들에 대해 말했죠? 그들이 찾아온 사람은 노사예요. 황보세가에 피해 주는 일은 없었으면 하네요."

용악의 말이 끝나자마자 마을에서 황보소소의 목소리가 들려왔다.

헌원경은 용악을 지그시 응시했다.

"그럴 일은 없다."

"그러셔야죠. 내가 이곳에 머무는 이유는 노사 때문이 아니라, 황보세가 때문이니까요."

용악은 헌원경의 시선이 바늘처럼 꽂히는 것을 느끼면서 모른 척 마을로 내려갔다.

묵정곤은 밖으로 나갔던 황보소소가 평범하게 생긴 노인 한 명과 함께 들어오자 의아한 표정을 숨기지 못했다.

노인은 방으로 들어오자마자 가볍게 묵정곤 등을 훑어본 것이 전부였다.

"양주묵가에서 왔다고?"

자상한 표정과 함께 노인의 시선이 묵정곤을 향했다.

"예? 예."

"잘 왔다. 작은 힘이라도 모으면 커지는 법. 앞으로 성이를 도와주려무나. 허허허."

노인은 이미 황보소소에게 얘기를 들었는지 고개까지 끄 덕이며 대견스러워했다.

"예, 최선을 다할 생각입니다."

묵정곤은 어리둥절했지만 황보세가와 관련된 인물이라 여 기고 예의를 잃지 않았다. 그리고는 뒤이어 들어오는 용악을 발견하고 눈이 동그래졌다.

"그동안 잘 계셨나요, 용 소협?"

예소정이 부리나케 일어나 묵정곤과 함께 용악에게 포권 을 취했다.

헌원경의 눈이 가늘어진 것도 그때였다.

용악을 대하는 묵정곤의 태도가 헌원경을 대할 때보다 더 욱 정중했기 때문이다.

'이것 봐라?'

헌원경은 이미 사연을 들은 후라 왜 그러는지 짐작할 수 있었다. 하지만 생각하는 것과 눈앞에서 직접 보는 것은 전혀 다른 문제였다.

"무슨 일이지?"

용악은 예소정이 아닌 묵정곤에게 물었다.

예소정은 고소를 지었으나 이미 용악이 어떤 사람이란 것을 경험한 뒤라 화를 내진 못했다.

"칠대세가에서 황보세가의 은혜에 보답코자 왔습니다."

"잘됐네. 안 그래도 신공장 노사가 사비를 털어야 할지 모른다고 걱정하던데."

용악은 웃으며 헌원경을 돌아봤다.

"왜 날 보는 게냐?"

"안 봤는데요?"

"그럼 그 눈은 뭐냐?"

"뒤에 황보 소저를 본 겁니다."

"이……."

헌원경은 화를 내려다가 보는 이목들 때문에 억지로 참았다.

"용 소협, 제가 잘못 들었나요? 혹시 지금 신공장 대협이라고 하셨나요?"

예소정이 깜짝 놀라 되물었다.

"신공장 노사를 아나?"

"헉! 어떻게 신의 손을 가진 명인, 신공장 대협을 모르겠어요!"

"신의 손?"

"그분이 만지면 돌도 금으로 변한다는 소리까지 있어요. 그런 분이 이곳… 여기… 그러니까 황보세가에 계시다는 건가요?"

"……."

용악은 예소정이 정도가 지나칠 정도로 놀라자 괜한 얘기를 했다 싶었다.

"허허허. 신공장 늙은이를 알아주는 아이가 있다니 놀랍구나. 네 이름이 뭔고?"

헌원경은 예소정이 신공장을 극찬하자 절로 기분이 좋아져 물었다.

"예소정이라 합니다, 어르신."

"예소정. 좋은 이름이구나. 예씨 성이라… 혹 예문경이란 이름을 아느냐?"

"……!"

예소정은 예의도 잃고 입을 쩍 벌린 채 헌원경을 쳐다보다 급히 손으로 입을 가렸다.

"조부님 되십니다, 어르신."

"허허허. 그렇구나. 돌아가거든 내가 손녀 잘 키웠다고 하더라는 말을 전해주려무나."

"어, 어르신께선 존함이 어찌……."

"할아버지께선 헌원 자 경 자를 쓰세요."

황보소소가 대신 대답해 주었다.

장제 헌원경.

당금 강호에 그 이름을 모르는 강호인이 존재할까?

방 안은 일시에 침묵으로 돌변했다.

헌원경은 그 침묵이 어떤 의미인지 잘 알고 있었다.

그가 너무도 귀찮아하던 분위기였으나 지금 이 순간만큼
은 귀찮지 않았다.

"저, 정말… 자, 장제십니까?"

"내 손녀가 말했지 않은가."

헌원경은 순순히 인정했다.

다시 한 번 되물은 예소정의 안색이 창백하게 질리며 옆에
선 묵정곤의 팔을 잡았다.

"죄, 죄송합니다, 저는……."

"괜찮다. 일부러 그런 것도 아니잖느냐. 허허허."

헌원경은 대답하며 슬쩍 용악을 쳐다봤다.

조금 전에 용악이 쳐다봤던 것에 대한 복수였다.

그 모습에 용악은 헛웃음이 나오고 말았다.

"황보 소저, 얘기 끝났으면 나갈까요?"

용악은 산 쪽을 올려다봤다.

일전에 마을 사람들과 둘러앉아 구워먹던 멧돼지가 생각난 것이다.

오랜만에 황보세가에 활기가 일어났다.

칠대세가에서 가져온 선물이라면 예전 황보세가의 위용을 되찾는 건 문제될 게 없어 보였다.

며칠 뒤.

묵정곤과 예소정은 자신들의 세가로 돌아가며 언제든 연락할 수 있는 전서구와 식솔 한 명씩을 남겨두었다.

신공장은 황보세가의 재건에 쓰일 도면을 황보성과 고민하며 만들어갔다. 황보세가 주위의 진들을 황보성이 직접 설치했다는 얘길 듣고 깜짝 놀란 뒤의 일이었다.

돈오는 여전히 하루도 빼놓지 않고 구징효를 팼다.

헌원경과 신공장은 돈오가 구징효를 가르친다고 말했지만 용악의 생각은 달랐다.

가르치는 것이 아니라 마치 구징효의 몸에 무공을 심는다는 표현이 옳았다. 돈오는 무쌍권을 구징효보다 더 잘 아는 묘한 노인장이었다.

황보소소 역시 바쁜 하루하루를 보내고 있었다.

헌원경이 본격적으로 황보소소에게 무(武)의 입문에 대해 가르치기 시작했기 때문이다.

그러다 보니 한가한 사람은 용악뿐이었다.

헌원경이 틈만 나면 괴롭히려고 하지만 용악이 일찌감치 피해 버리면 찾거나 하진 않았다.

오늘도 아침 일찍 산에 올랐다 내려왔다.

마을로 곧장 내려오지 않고 아침부터 찬란한 금빛 계절을 만끽하며 가볍게 황보세가 근방을 걸었다. 그때 산을 오르는 여인의 숨소리가 용악의 귀에 들렸다.

용악이 서 있는 곳에서 약 삼십여 장 떨어진 곳이다.

순식간에 나무 꼭대기로 올라간 용악은 가볍게 발을 놀려 여인이 다가오는 쪽 나무로 다가갔다.

아래쪽에 무복 차림의 여인이 주위를 심각한 표정으로 살피는 것이 보였다.

"이 근처라고 했는데… 너무 왔나?"

여인은 혼자서 중얼거리며 주위를 둘러봤다.

이곳에서 찾을 곳이라고는 황보세가밖에 없었다.

용악은 좀 더 두고 보기로 하고 여인의 뒤를 쫓았다.

이각 정도 지났을까, 여인은 두꺼비처럼 생긴 바위를 발견하고는 발걸음을 빨리했다.

"어딜 찾는 거지?"

여인을 가만히 두면 황보세가까지 갈 것 같아 용악이 일부러 나섰다.

여인은 갑작스런 용악의 등장에 깜짝 놀라며 방어 태세를 갖추었다. 방어 태세라고 해봐야 허리에 찬 면검을 꺼내 들어

십자로 교차시킨 것이 전부였다.

용악의 눈엔 온통 허점투성이였으나 빠른 반응이 가상해 굳이 제압하지는 않았다.

"누, 누구… 십니까?"

잔뜩 경계한 여인은 오뚝한 콧날에 땀이 배도록 얼굴을 들었다.

눈썹은 가늘었으나 꾹 다문 입술과 큰 눈이 꽤나 조화를 잘 이루고 있었고, 서른 초반의 여인이라고 보기엔 믿기 힘든 탄력적인 몸매를 지니고 있었다.

"당신의 대답 여하에 따라 말해줄 수도 있고 아닐 수도 있고. 어딜 찾지?"

"……."

여인은 경계의 시선을 풀지 않고 용악을 쳐다봤다.

햇살을 등지고 있어 얼굴 표정을 제대로 볼 수는 없었으나 목소리만으로는 그리 나쁘지 않아 보였다.

'태연하고 차분하다. 이곳이 안전한 곳이란 뜻이지. 즉, 파천마궁의 인물은 아니란 건데…….'

여인은 빠르게 생각을 정리하고는 천천히 방어 자세를 풀었다.

"황보세가를 찾고 있습니다. 아신다면 도움을 주십시오."

"정체도 모르는 자에게?"

"아! 저는 여의단 산동 지부 소속 교화 희수라고 합니다."

"교화?"

"제 별호예요."

희수는 계속되는 용악의 하대에도 그리 기분 나쁜 표정은 보이지 않았다.

"그리 불리는 이유가 있겠지. 여의단이라… 그럼 총령이란 자의 이름도 알고 있나?"

"여, 여의총령님… 말씀이신가요?"

"총령이 또 있나?"

"사마 총령님을 어떻게 아시는지요?"

희수는 용악이 사마화인의 이름을 알고 있다는 것보다 그 이름을 듣고서도 전혀 놀라지 않았다는 것에 놀랐다.

그러나 용악은 대답 대신 희수를 담담한 표정으로 쳐다보기만 했다. 침묵은 기다려 봐야 대답하지 않겠다는 판단이 설 때까지 계속됐다.

"황보세가의 식객 중 용 소협을 만나 급히 전해야 할 말이 있어요. 황보세가가 어디에 있는지 아신다면……."

"뭐지, 그 용건이란 것이?"

"그, 그건 용 소협을 만나 직접……."

"그러니까 뭐냐고."

"예?"

"내가 당신이 찾는 사람이다."

"아……."

희수는 눈을 몇 번이나 깜빡였다.

용악의 말을 믿기에는 너무도 일이 쉽게 풀린 까닭이다.

"나를 찾아왔다면서 나에 대해선 전혀 모른다?"

"사마 총령님 외에 여의단 사람 중 아는 이름이 있나요?"

"있지. 안휘 지부장이 익교문, 그 밑으로 유격이란 자가 있었지. 더는 모르겠군."

용악이 대답을 하는 동안 희수는 용악의 얼굴을 빤히 쳐다보고만 있었다.

'거짓말이 아니야.'

희수는 용악이 스스로의 신분을 밝힌 순간 사실임을 알았으나 시험 삼아 질문을 만든 것이다.

"얼마 전 파천마궁의 세 호법이 이곳을 다녀간 흔적을 발견했습니다. 한데 어찌 된 일인지 되돌아간 흔적은 찾을 수가 없고… 오히려 파천마궁의 호법들이 대거 움직였다는 보고가 들어왔습니다."

"혼자서 그런 곳을 왔다? 특별한 재주라도 있는 모양이군."

"아미파의 속가제자라 다른 사람보다 마기를 감지하는 데 뛰어난 편이에요."

"마기 감지? 재미있군. 알았으니 돌아가."

"예?"

"더 할 말이라도 있나?"

"그, 그건 아니지만……."

"가봐. 그동안 조용하다 했다."

용악의 반응은 희수의 기대와 전혀 달랐다.

파천마궁의 호법들이 대거 움직였다는 말을 듣기나 했는지 긴장 따위는 전혀 찾아볼 수 없었다.

第四章
침입

천산마제

악지군은 황당한 소식을 접하고 굳은 얼굴로 혈마전을 찾았다. 혈마전 앞에는 조빈의 둘째 제자이자 파천마궁의 대소사를 관장하는 적완이 먼저 와 있었다.

"셋째 왔느냐?"

적완이 어떠한 상황에서도 평정심을 유지할 것 같은 냉정한 표정으로 악지군을 돌아봤다.

"이사형……."

악지군은 당연히 적완이 먼저 와 있을 줄 알았으면서도 막상 적완을 보자 움찔하고 말았다.

무공으로는 첫째 사형인 공투보다 약하고 파천마궁 내 세력에선 악지군과 미려에게 밀리지만 이상하게도 조빈의 신임을 가장 크게 얻고 있었다.

"요즘 외출이 잦더구나. 수라혈과 사림의 움직임이 꽤 활발하더냐?"

"예? 예……."

그들이 뭘 하든 악지군이 알 바 아니었으나 겉으로는 심각한 얼굴로 대답했다. 마치 조빈과 단둘만 알고 있는 비밀이 있다는 듯이.

"같이 들어갈 테냐, 따로?"

"어차피 이사형과 같은 일로 찾아온 것 같으니 함께 들어가시지요."

"일단 들어가자."

적완은 악지군의 말에 동의하지 않았으나 함께 들어가는 것은 괜찮은지 먼저 혈마전으로 걸음을 옮겼다.

혈마전은 언제나 그렇듯 음산한 기운이 감돌았다.

'기분 나빠.'

악지군은 매번 들어올 때마다 느끼는 찝찝한 기분을 떨치지 못했다.

"나의 사랑스런 제자 둘이 함께 왔구나."

태사의에 앉아 있던 조빈이 두 제자를 보며 반겼다.

"제자 적완이 사부님을 뵙습니다."

"제자 악지군이 사부님을 뵙습니다."

악지군과 적완이 거의 동시에 무릎을 꿇었다.

"군이가 혈마전에 온 건 최근 들어 처음인가?"

"죄, 죄송합니다."

"죄송하긴. 이유가 있었겠지."

'이유?'

마치 일전에 혈마전 근처까지 온 것을 알기라도 한 것처럼 들렸다.

"사부님, 호법들이 궁을 빠져나갔다 들었습니다. 무슨 큰일이라도……."

악지군은 기우라 여기며 곧바로 본론을 꺼냈다.

"큰일이라… 크게 보면 그렇게 여길 수도 있겠지."

조빈은 낮게 웃으며 고개를 미미하게 끄덕였다.

악지군은 설명을 기다리며 조빈의 변화를 놓치지 않으려 했다.

"찾지도 않았는데 와서 기특하다 했거늘… 군이는 그만 돌아가거라."

"예?"

"너는 수라혈과 사림의 동태를, 완이는 궁의 내부 일은 맡기로 하지 않았느냐?"

"하나……."

"하나? 크크크. 지금 '하나' 라고 했느냐?"

조빈에게서 흘러나온 무형의 기운이 악지군의 전신을 내

리눌렀다.

"…아, 아닙니다. 제자가 잠시……."

악지군은 겁먹은 얼굴로 고개를 숙였다.

그런 악지군의 모습을 적완은 냉정한 눈으로 지켜볼 뿐 나서거나 하진 않았다.

악지군이 혈마전을 나서고 나서야 적완은 조빈을 향해 무릎을 꿇었다.

"일호법을 제외한 네 호법과 혈강시 두 구를 십지풍운대와 함께 보냈습니다. 그 정도의 전력이라면 장제라도 혼자서 막아내진 못할 것입니다."

"그렇겠지. 미려를 봤느냐?"

"천산에 다녀왔다고 합니다."

"천산?"

"셋째가 그곳에서 있었던 싸움에 대해 조사를 시킨 모양입니다."

"천산에서의 싸움? 천산마제란 자와 검왕의?"

"저도 그런 줄 알고 미려에게 물었습니다. 한데… 미려는 그 둘의 싸움을 조사하러 간 것이 아니었습니다."

"아니었다?"

"예. 엄청난 얘기를 하더군요. 천산에는 궁의 팔대호법과 맞먹을 정도의 무위를 가진 자들이 사방에 널렸답니다. 그런 자들을 일 초에 죽여 버리는 자들이 나타났다는 얘기였습니다."

"일 초?"

"각기 다른 무공을 사용하는 열 명이었다고 합니다."

"…열 명……."

조빈은 적완의 보고를 들을수록 표정이 어두워져 갔다. 팔대호법을 일 초에 죽일 수 있는 자들이 열 명이나, 그것도 각기 다른 무공을 사용한다고 했다.

'그자의 무공은 오백 년 전에 사라졌다.'

오백 년 전, 문서로만 전해지는 한 명의 천재에 대한 얘기가 갑자기 떠오른 것이다.

그는 어떠한 무공이든 자신의 뜻대로 해석하고 구현해 낼 수 있다고 했다. 그런 그의 등장은 정파의 축복을 받았고 곧 강호에 이름을 떨쳤다.

그러나 그를 향한 정파인들의 축복은 이십 년 만에 저주로 바뀌었다.

그가 사파의 무공을 접하면서부터였다.

정파무공에 비해 익히는 시간이 짧은데도 위력 면에선 전혀 뒤지지 않는 사파의 무공들.

그는 곧 사파의 무공에 몰입해 갔고 결국 열 개의 금서를 만들기에 이르렀다.

열 개의 금서는 누가 익혀도 절정고수의 반열에 들도록 만들어주었다.

그것이 실수였다.

그의 무공을 익힌 지 불과 반년도 안 된 자가 일류고수를 꺾는 사태가 심심찮게 일어났기 때문이다.

당연히 정파에선 비상이 걸렸고 사파 역시 다르지 않은 상황이 됐다.

하늘조차 그의 손에 닿으면 쪼개진다.

당시 강호인이라면 모두 알고 있는 말이었다.

더 이상 오를 곳이 없어 스스로 천좌(天座)라 불렸던 천재 과극천.

그가 전 강호인의 공격을 받고 사라진 곳이 바로 천산이다.

조빈은 과극천에 대해 생각하자 머리가 지끈거리며 관자놀이를 두 손가락으로 눌러야 했다.

적완의 설명은 아직도 이어지고 있었다.

"또 한 가지는 천산의 지배자라 불리는 천산마제에 관한 얘기입니다. 그는 이미 검왕과 이름을 나란히 하고 있습니다. 일 년여 전부터 강호에 현존하는 초절정고수가 셋이 아니라 넷이란 말이 공공연하게 나돌 정도입니다. 삼왕에서 삼왕일제가 된 것입니다. 그런 그의 행적을 천산의 그 누구도 알지 못하고 있더랍니다."

"알았으니 그만 나가보거라. 머리가 아프구나."

조빈이 손을 내저어 적완의 입을 막았다.

"…알겠습니다."

적완은 평소와 다른 조빈의 행동에 의아함을 느꼈으나 묻지는 못했다.

적완이 나간 방 안에는 이내 횃불이 모두 꺼졌다.

*　　　　*　　　　*

"지부장님, 중턱에서 싸움이 벌어졌다고 합니다!"

전서구를 받아 든 무인 한 명이 재빨리 달려와 후덕하게 생긴 오십대 중년인에게 보고했다.

"뭐야!"

중년인이 눈을 동그랗게 뜨고 바로 뒤에 있는 여인을 돌아봤다. 여인은 황보세가로 소식을 전하라 보낸 희수였다.

"저, 저는 분명히 전했습니다. 알았다는 확답까지 받았는데……."

희수는 어찌 된 영문인지 모르겠다는 표정을 지었다.

중년인은 여의단 산동 지부장 모재익이었다.

용악이란 자를 본 적은 없지만 여의총령 사마화인이 직접 명령을 내릴 정도라면 각별히 신경 써야 할 사람인 것이다.

"서둘러라."

모재익은 희수를 못마땅한 표정으로 보고는 신형을 날렸다.

'그 사람… 뭐지?'

희수는 모재익의 표정을 보고 참담한 심정이 됐다.

담담한 얼굴로 그녀를 안심시키던 용악이 설마 파천마궁의 고수? 그럴 리는 없었다. 무엇보다 용악의 인상은 거짓말을 할 인상이 아니었다.

'가만, 중턱이면 황보세가 아래쪽이잖아? 혹시 혼자서?'

희수는 이내 고개를 가로저었다.

파천마궁의 칠대호법이 어떤 자들인데 용악이 혼자서 상대할 수 있겠는가?

사람을 판단하는 데 있어 그녀보다 뛰어난 사람은 산동 지부에 없었다. 모재익이 그녀를 혼자 황보세가로 보낸 이유도 그 때문이었다.

'중턱까진 꽤 걸릴 텐데…….'

희수는 모재익을 따라 움직이다 뒤를 돌아봤다.

부하들이 모두 올라오려면 더 걸릴지도 몰랐다.

거목이 떨고 거암이 요란하게 뒤흔들렸다.

뿌연 먼지는 안개처럼 사방을 감쌌고 그 안에서는 또다시 격돌을 준비하는 기운이 형성되고 있었다.

"저, 저런!"

삼호법이 전혀 예상치 못한 결과에 깜짝 놀라 손으로 용악을 가리켰다. 자신만만했던 사호법이 이 장 가까이 뒤로 밀린 것이다.

"무, 무슨 사술이냐?"

사술이어야 했다.

천고의 기연을 얻었다고 해도 겨우 이십 년 수련한 것으로 사호법을 밀어냈다는 것은 있을 수 없는 일이기 때문이다.

그러나 이호법은 이미 예상하고 있었기에 놀라지 않았다.

"조심하라 일렀잖소, 사호법."

이호법이 침음과 함께 앞으로 나섰다.

그의 양쪽으로 검은 인영 둘이 붙었다.

"다시 봐도 대단하다는 건 인정하마. 아무리 어려도 인정할 건 인정해야겠다."

"합공을 하겠다는 거냐?"

용악은 '픽' 웃으며 이호법의 생각을 콕 집어냈다.

"합공이라기보단 물건을 이용하려 한다고 해야겠지?"

"물건?"

"이것들은 혈강시다."

"혈강시?"

용악은 흥미로운 눈으로 이호법의 좌우에 선 검은 인영 둘을 쳐다봤다. 둘에겐 생기가 전혀 느껴지지 않았다. 기감에 잡히지 않은 이유를 알 것 같았다.

"강시라… 재미난 장난감을 데리고 왔군."

"장난감? 흐흐흐."

이호법은 기괴한 웃음을 터뜨렸다.

나머지 호법들 사이에서도 용악이 혈강시를 모른다는 사실에 비웃음이 감돌았다.

'저 강시들을 신뢰한다는 건가?'

용악으로서는 이해할 수 없었다.

용악이 보기엔 강시들보다 일곱 호법들이 더 강해 보였기 때문이다.

그때였다.

츠르르르— 츠츠츠—

사방으로 퍼지는 갑작스러운 냉기.

용악의 눈에 이채가 번뜩였다.

일곱 호법들이 왜 그렇게 신뢰하는지 그 냉기만으로도 이해할 수 있을 것 같았기 때문이다.

"장난감만은 아닌 모양이군. 그렇다고 결과가 달라지진 않아."

"죽여라."

이호법이 가볍게 손으로 용악을 가리켰다.

쉭.

파공음조차 일지 않는 짧은 음향.

혈강시 두 구가 용악을 향해 손을 뻗었다.

용악이 뭔가 흐릿하다 싶은 순간 혈강시 두 구가 일 장 앞에 나타났다.

부지불식간에 손을 뻗어 혈강시들의 손과 부딪쳤다.

쾅!

용악의 신형이 서 있던 자리에서 두 걸음 정도 물러섰다.

"흐흐흐. 어떠냐, 혈강시의 위력이."

이호법은 용악이 밀려나는 것을 보며 득의의 웃음을 지었
다.

'뭐지, 이 느낌은?'

용악은 시선을 들어 혈강시 두 구를 쳐다봤다.

일전에 칠, 팔호법의 공격을 막았을 때와 같으면서도 묘하
게 다른 느낌이 전해진 까닭이다.

'반탄력이 없었다.'

너무 쉽게 막아낸 것이 이상해 일부러 뒤로 물러섰던 것을
이호법은 용악이 밀렸다고 여긴 것이다.

두 혈강시의 공격은 용악에게 전혀 위력적이지 않았다. 오
히려 너무 쉬워 이상할 정도였다.

"뭐… 받아볼 만하군."

"흐흐흐. 허풍은. 장제가 남았으니 최대한 빨리 처리하고
합류하자. 가라!"

이호법의 손가락이 용악을 가리켰다.

그러자 용악은 이번엔 혈강시 두 구를 부수겠다는 생각으
로 손을 들었다.

"……?"

당연히 달려들어야 하는 혈강시 두 구.

이호법이 용악을 가리키는데도 제자리에서 꼼짝도 하지
않고 있었다.

"뭐 하는 거냐, 저놈을 찢어 죽여!"

이호법이 다시 한 번 공력을 실어 용악을 가리켰다. 하나
어찌 된 일인지 혈강시 두 구는 여전히 제자리만 지킬 뿐이었
다.

당황한 이호법의 표정에 용악은 문득 이상한 생각이 들었
다.

"조금 전에 합류라고 했느냐?"

용악의 표정이 딱딱하게 굳었다.

이호법은 인상을 쓴 채 용악과 혈강시를 번갈아 쳐다볼 뿐
대답하지 않았다.

용악이 급히 고개를 돌려 위쪽을 쳐다봤다.

"크크. 일호법을 제외하고 모두 나오길 잘했군."

사호법이 이호법을 위해 시간이라도 벌어줄 생각인지 한
걸음 앞으로 나섰다.

"팔대호법이라고 했으니… 다섯이 세가로 갔군."

용악은 자신도 모르게 침음을 흘렸다.

천산에서는 그 누구도 용악의 말을 거스르지 못했다.

용악에 대해 잘 알기 때문이다.

이들은 그것이 얼마나 불행한 일인지 아직 깨닫지 못하고
있었다.

"크크. 제법 똑똑하기까지 하구나."

"너희들은 선을 넘지 말라는 경고를 무시했다."

용악의 표정이 딱딱하게 굳었다.

천산무인들이 봤다면 용악이 지금 얼마나 분노하고 있는지 진저리부터 쳤을 것이다.

헌원경은 떨고 있는 황보소소의 정수리에 손을 얹었다. 불안함 때문에 심장이 빨리 뛰고 몸이 경직되어 굳어 있었다. 이내 황보소소의 머릿속은 뿌연 연기가 걷히듯 멀쩡해졌다.

"아!"

황보소소는 탄성과 함께 헌원경을 돌아봤다.

"괜찮느냐?"

헌원경이 자애로운 표정으로 고개를 끄덕여 주었다.

"예, 할아버지."

앞쪽에는 신공장과 돈오가 파천신궁의 호법 다섯과 대치하고 있었다. 그 뒤를 구정효와 칠대세가의 식솔들이 받쳐주었다.

"치사한 것들."

신공장이 눈빛을 파랗게 뿜으며 다섯 호법들을 노려봤다.

다섯이 동시에 헌원경을 공격하는 바람에 근처에 있던 황보성과 황보소소가 피해를 입은 것이다.

"그럼 잠시 피해 있거라. 성아, 소소와 함께 물러서겠느냐?"

"예."

황보성은 헌원경의 눈빛이 무척 슬프다고 느꼈다.

그만큼 헌원경은 분노하고 있었다.

헌원경 때문에 벌어진 일이었다.

칠대세가의 용봉들이 돌아갔을 때 황보세가에 장제가 있다는 소문이 퍼질 것을 염두에 두어야 했다. 아니, 염두에 두고 있었다.

다만 파천마궁의 오대호법이 몰려올 줄은 몰랐을 뿐이었다.

"마문정은 어디 있느냐, 장제!"

마을 전체가 울릴 정도로 커다란 목소리가 울렸다.

헌원경의 시선이 그쪽으로 돌아갔다.

도를 든 자였다.

"악도 중조."

"내 이름을 잊지 않았구나."

중조라 이름을 밝힌 사내는 육십이 넘어 보이는 노인이었다. 파천마궁의 육호법을 맡고 있었다.

"큭. 이게 무슨… 파천마궁의 호법이 다섯이나 온 건가?"

구징효가 황당한 눈으로 다섯을 쳐다봤다.

하나같이 쟁쟁한 명성을 날리고 있는 사파의 고수들이었다.

"눈은 좋구나. 저자는 파천마궁의 팔대무공 중 하나인 절파인(節波引)을 익히고 있어서 잘 죽지 않는다."

돈오가 짧게 설명해 주었다.

"쿵. 청살검과 묵포까지⋯⋯. 정말로 파천신궁의 호법들이구나."

파천신궁의 삼호법 청살검, 오호법 묵포, 육호법 중조까지 알아보고 나서야 구징효는 바짝 긴장된 표정이 됐다.

"허허허. 중조, 요상한 무공을 익히고 있다더니 사실이었구나. 팔다리를 모두 잘랐는데도 살아났어."

헌원경의 목소리는 똑같았다.

분노하고도 남을 상황이었으나 그만큼 노련하다는 것을 의미했다.

"당연하지! 나의 절파인을 우습게보지 마라, 장제!"

중조는 원래 말투가 그런지 아니면 일부러 허세를 부리려는지 필요 이상으로 고함을 질러댔다.

"서두릅시다."

먼저 움직인 자는 음침한 표정으로 눈을 굴리고 있던 묵포였다.

입고 있던 묵포가 넓게 펼쳐지며 사방을 휘돌다 송곳처럼 한 점에 모여 그대로 헌원경을 찔러갔다.

묵포를 변형시켜 사용하는 묵창이 펼쳐진 것이다.

콰콰쾅!

헌원경은 가볍게 손을 저어 묵창을 막아냈다.

"큭!"

묵포가 짧게 신음을 내뱉으며 뒤로 물러섰다.

"푸하하! 묵포, 자네 혼자는 안 된다고 했잖은가!"

중조는 뭐가 그리 신나는지 파안대소를 터뜨리며 청살검을 돌아봤다.

다섯 중 가장 실력이 뛰어난 청살검의 허락을 기다리는 눈치였다.

헌원경이 먼저 한 발 앞으로 나섰다.

뒤쪽의 사람들을 보호하는 동시에 앞으로 나선 셋을 동시에 상대하겠다는 의미였다.

슥.

헌원경의 일보에 셋은 동시에 뒤로 일보 물러섰다.

그저 한 걸음 옮겼을 뿐인데 마치 셋을 향해 날카로운 칼이 찔러오는 것 같았기 때문이다.

"대단하군, 장제……."

삼호법 청살검이 처음으로 입을 열었다.

그러자 다섯 호법이 나란히 섰다.

"큭. 합공! 지랄들 하고 자빠졌네. 이곳에 노사만 있는 줄 아느냐! 중조, 너는 내게 와라!"

구징효가 가슴을 두들기며 앞으로 나섰다.

나름 헌원경에게 도움을 주고자 한 행동이었다.

"성가시군. 돈오, 한쪽으로."

헌원경이 돈오에게 손짓을 했다.

그러자 돈오가 구징효의 엉덩이를 걷어차며 옆으로 비켜 섰다.

"이해할 거라 믿소."

삼호법 청살검이 검을 들어 올리며 입을 열었다.

"허허허. 언젠 안 그런 것처럼 말하는구나."

헌원경은 너털웃음을 터뜨렸다.

'쓸모없는 놈.'

이 자리에 없는 용악을 생각하며 떠올린 말이었다.

쾅!

용악은 신기한 경험을 해야 했다.

이호법과 사호법의 공격을 막으려는 순간, 용악보다 먼저 움직인 그림자가 있었다.

"뭐지, 이건?"

용악은 우두커니 서서 이호법의 도환과 사호법의 장력을 몸으로 막아선 혈강시 두 구를 쳐다봤다.

명령을 내린 적도 없었고 생각조차 하지 않았다.

물론 용악보다 이, 사호법이 더 놀란 것은 말할 것도 없었 다.

"이, 이런… 미친……."

"저것들이 어째서 저 녀석을 돕는 거요, 이 호법?"

"나도 모르오."

이호법이 심각한 얼굴로 용악을 쳐다봤다.

그러나 용악 또한 이 황당한 사태에 대해 아는 것이 있을 리 없었다.

"이젠 별것들이 다 따르네. 하하하."

용악은 두 호법을 놀리기 위해 한 말이었으나 말하고 나니 자신도 모르게 웃음이 터졌다.

"이왕 이렇게 됐으니 좀 편하게 놀아볼까? 얘들아, 저들을 공격해."

용악이 양손을 들어 두 호법을 가리켰다.

순간, 두 호법의 안색이 딱딱하게 굳었다.

그러나 혈강시는 또다시 움직이지 않았다.

그때였다.

"만마만사의 주인은 천마요, 그 이름은 마계의 혼령을 부른다……."

딸랑딸랑—!

"주인님께선 잠시 물러서 계십시오."

나타난 사람은 노인 둘로, 키만 훌쩍 큰 노인과 토끼 이빨처럼 앞니 두 개가 도드라진 작고 뚱뚱한 노인이었다.

'주인님?'

용악은 두 노인을 의아한 눈으로 쳐다봤다.

"이들은 저희가 처리하겠습니다."

키 큰 노인이 종을 흔들며 고개를 숙였다.

"너희들은 사림이종(死林二踵)? 너희들이 어째서 이곳에 있는 거냐?"

이호법은 두 노인의 등장부터 뒤로 물러서고 있었다.

"마궁의 떨거지로부터 주인님을 보호하기 위해서지, 왜 있겠느냐?"

키 큰 노인이 듬성듬성 빠진 이를 드러내며 웃었다.

"주, 주인님?"

"사림의 두 종이 주인님이라 부를 사람은 세상에 오직 한 분뿐이시다."

"호, 혹시 저놈이 혈교의 맥을 이었다는 게냐?"

"마계의 종은 들어라. 주인께 무례한 저것의 귀를 가져오너라⋯⋯."

딸랑딸랑—!

키 큰 노인의 종소리에 갑자기 혈강시의 눈에 새파란 안광이 일어났다.

"헛!"

이, 사호법은 기겁을 하며 물러서려 했으나 혈강시의 동작은 상상을 초월할 정도로 빨랐다.

스팟.

"큭!"

이호법의 입에서 짧은 신음이 터졌다.

그의 볼에서 찐득한 핏물이 번지기 시작했다.

"그만."

용악이 짧게 소리쳤다.

그러자 거짓말처럼 혈강시는 물론 갑자기 등장한 두 노인의 동작이 멈췄다.

"기회는 지금뿐이다. 당신들은 누군가?"

"주인님의 종입니다."

"당신들의 주인이 누구지?"

"……"

두 노인이 용악을 빤히 쳐다봤다.

"나? 나는 당신들을 처음 보는데?"

"이 종은 혈교의 삼대기보에만 울리는 군마령(君魔鈴)입니다. 저희는 이 군마령이 이끄는 대로 따라왔을 뿐입니다."

"군마령?"

"주인님께서 가지고 계신 천마수를 찾을 수 있는 방울입지요."

"……"

용악의 표정이 굳어졌다.

강호에 나와 처음으로 용악이 천마수를 끼고 있다는 걸 아는 자가 나타난 것이다.

"일단 저자들을 처리하고 봅시다."

용악은 대화를 듣고 있던 이, 사호법의 표정에서 미묘한 감정의 기복을 볼 수 있었다.

"저, 정녕 천마수의 주인이시오?"

이호법의 말투가 갑자기 변했다.

"내 손에 낀 수투가 천마수냐고 묻는 질문이라면… 그렇다."

용악은 짧게 대답했다.

두 호법에게 무슨 감정 변화가 일어났는지 알고 싶지 않았다. 이곳에서 마냥 시간을 끌고 있을 수 없는 상황이기 때문이다.

'일홉 기벽.'

용악의 전신에서 기세가 아지랑이처럼 피어올랐다.

"믿지 못하겠다!"

이호법이 먼저 도를 들고 달려들었고 이어서 사호법이 장력을 연속으로 발출했다. 하나 이미 용악의 주위는 기벽이 일어난 상태였다.

콰콰콰!

두 호법의 공격이 갑자기 일어난 흙기둥에 부딪치며 흩어졌다.

"이 무슨……."

"너희들은 선을 넘지 말라는 경고를 무시했다. 그 죄는 오직 죽음뿐이다."

용악의 양손이 이, 사호법을 향해 뻗어 있었다.

손을 땅에 대고 있어야만 일어나던 흙기둥이 용악의 의지에 따라 일어난 것이다.

쉭.

용악이 자리에서 사라졌다.

흙기둥의 잔해를 이용해 치솟았다가 내리꽂히듯 두 호법에게 미끄러져 갔다. 그 속도가 얼마나 빠른지 두 호법은 제대로 방어할 시간조차 만들지 못했다.

쾅!

'덜컥' 거리며 두 호법의 상체가 흔들리는 것과 동시에 그들의 다리가 허공으로 들려졌다.

용악의 손은 이호법의 도와 사호법의 주먹을 쥐고 있었다.

"가라."

용악의 손에 잡혔던 그들의 도와 주먹이 각자의 주인들과 함께 일직선으로 날아갔다.

콰쾅!

용악의 손에 잡힌 순간 두 사람은 이화유능제에 의해 아주 잠깐 기의 흐름이 끊어졌고 그 상태에서 용악은 일홉 급속을 심어 두 사람을 날려버린 것이다.

우드득— 와드득—!

땅바닥에 내팽개쳐진 두 호법의 몸에서 뼈가 이탈하는 것 같은 기이한 음향이 한동안 계속됐다.

소호에서 화(火)를 물로 유인한 후, 목을 돌아가게 만들었던 수법, 일흡 급속의 위력이었다.

"후우……."

용악이 길게 숨을 내쉬었다.

한순간에 과도한 진기를 소모한 까닭이다.

한쪽에 시립한 채 참담한 몰골로 최후를 마친 이, 사호법을 보는 사림이종의 눈에 의혹이 어렸다.

두 호법이 너무 쉽게 죽어버린 탓이다. 마치 사림이종이 알고 있던 파천마궁의 호법들이 아닌 것처럼 여겨질 정도의 실력들이었던 것이다.

"당신들은 내 종인가?"

용악은 몇 번의 호흡으로 진탕된 내부를 다스린 후 사림이종을 돌아봤다.

"그, 그렇습니다."

"지금부터?"

"주인님께서 천마수를 낀 순간부터입니다."

사림이종은 일말의 망설임 없이 대답했다.

그다지 낯선 상황은 아니었다.

사림이종처럼은 아니더라도 천산의 무인들에게서 가끔씩 경험하던 상황인 까닭이다.

이들을 다루는 방법은 간단했다.

용악의 명령을 두 사람이 어기기 전까지 관계를 유지시키면 그만이었다.

"그럼 첫 명령을 내리겠다. 키 큰 노인은 목노, 작은 노인은 뚱노다."

"따르겠습니다."

사림이종이란 신분이 있음에도 용악의 한마디에 두 노인은 복종을 맹세했다.

"목노, 저 강시들은 그 종으로 부리나?"

"아닙니다. 주인님의 명령으로 부리시면 됩니다."

"아까 해봤더니 안 되던데?"

"천마수를 통해 강시들의 몸에 진기를 주입시키십시오. 그럼 아무리 멀리 떨어져 있어도 오직 주인님의 명령에 따를 것입니다."

용악은 목노의 말대로 혈강시 두 구에 손을 얹은 후 일홉기벽을 일으켜 진기를 심었다.

"앞으로 강시들을 이런 식으로 다루면 되겠군."

"주인님, 천마수는 마계의 미물들을 제압하는 힘이 있습니다. 하나, 이 미물들처럼 미완성인 경우에 한합니다. 완성된 혈강시라면 제압은 가능해도 부릴 수는 없습니다."

"그렇군. 알았다. 이것들은 어떻게 처리하지?"

"주인님의 진기를 통해 일체화가 되었으니 필요하실 때 생각만 하시면 나타납니다."

"괜찮군. 지금은 길게 말할 시간 없으니 이만하고… 나중에 어떻게 찾아야 하지?"

"주인님께서 천마수에 기를 모으시면 언제든 찾아뵙도록 하겠습니다."

"그게 가능한가?"

딸랑딸랑―

군마령이 소리를 냈다.

"그렇군."

용악은 목노의 손에 들린 군마령을 본 후 곧장 신형을 띄웠다.

용악이 사라질 때까지 사문이종은 그대로 서 있었다.

"대장로께서 말씀하신 것처럼 놀라운 분이시군."

"우릴 다루는 것만 봐도 알 수 있잖은가. 크크큭."

뚱노가 처음으로 입을 열었다.

저음에 탁한 목소리였다.

"우린 주인님께서 신경 쓰시지 않도록 마궁들의 잡졸들이 내려오는 길이나 막고 있어야겠군."

"크크. 난 반대쪽으로 가겠네."

사림이종은 말을 마친 후 곧장 반대쪽으로 흩어졌다.

두 사람이 용악을 찾게 된 것은 오로지 군마령 때문만은 아니었다.

파천마궁이 수라혈과 사림을 감시하듯 수라혈과 사림 역시 파천마궁을 감시하고 있었다.

갑작스런 움직임은 곧 포착됐고 뒤따르다 군마령의 울림을 쫓아온 것이다.

쾅!

헌원경은 장력으로 호법들의 연환공격을 막아내며 서서히 자리를 옮겼다.

황보 남매를 보호하기 위한 자연스러운 행동이었다.

그러나 다섯 호법의 합공을 막기만 하는 것은 생각보다 쉽지 않았다.

공격이 난무하는 잔영들 뒤로 마을 입구가 보였다.

"물러서라."

싸움이 시작된 후 처음으로 헌원경이 먼저 우레와 같은 장력을 펼쳤다.

꽈르르— 룽—!

거친 음향과 함께 다섯 호법을 향해 무수히 많은 장영이 뻗어갔다.

콰쾅!

금방이라도 헌원경을 죽일 것처럼 날뛰던 다섯 호법이 일제히 오 장여의 거리를 두고 땅으로 내려섰다. 기세는 많이 수그러진 상태였다.

십여 년 전에 비해 크게 강해져 있었다.

헌원경이 공격을 멈추자 다섯 호법은 각자의 무기를 움켜

쥔 채 기를 최대한 끌어올리기 시작했다.

조금 전의 살벌했던 기세가 배는 증폭된 것 같았다.

"허허허. 전력을 다한 것이 아니었더냐?"

헌원경은 웃었으나 그의 전신에선 '쿠르르' 거리는 기음이
일어났다.

한 번 펼쳐지면 바람과 구름을 뒤집기 전엔 멈추지 않는 풍
뢰신장 삼초식 풍운번천이 헌원경의 양손을 통해 나오려고
으르렁거리는 것이다.

"풍운번천이오! 다들 완성되기 전에 막으시오!"

묵포가 소리치며 가장 먼저 묵창을 뻗어 헌원경을 공격해
갔다. 그 뒤를 수백 개는 넘을 것 같은 비도가 날아갔다. 중조
의 절파비환이었다.

"마비반강(魔飛半罡)!"

청살검이 검을 꼿꼿이 세워 튕기듯 강기를 날렸다.

쉐릿!

헌원경을 향해 일직선으로 뻗어나가는 청색 빛무리가 갑
자기 두 갈래 갈라졌다. 반으로 갈라졌으니 위력도 반으로 줄
어야 하건만 두 개의 청색 빛무리의 위력은 양쪽이 모두 같았
다.

'……!'

어마어마한 공세에 헌원경의 이마에 주름이 깊게 파였다.

진기를 풀고 피하는 것이 상책이지만 그랬다가는 뒤쪽에

서 지켜보는 손자 손녀가 다칠 것이 분명했다.

다음 순간, 평상시의 헌원경이었다면 결코 하지 않았을 행동을 하고 말았다.

콰콰쾅!

땅을 뒤흔드는 굉음과 함께 다섯 호법과 헌원경이 동시에 뒤로 물러섰다.

물러서긴 했지만 헌원경에게 타격을 입혔다는 사실이 믿기지 않는지 다섯 호법은 서로를 쳐다봤다.

"장제는 지금 혼자가 아니오."

가장 먼저 공격했던 묵포가 헌원경의 뒤를 바라보며 입을 열었다. 나머지 네 호법들은 그제야 헌원경이 왜 피하지 않았는지 알 것 같은 눈들이 됐다.

"아주 쉽게 풀 수 있는 길이 있었구려. 흐흐흐."

중조가 야비한 웃음을 흘렸다.

헌원경의 약점을 간파했다는 표정이었다.

"움직일 생각은 하지 않는 것이 좋아. 풍운번천이 펼쳐지기 전이라면 몰라도."

헌원경은 다섯 호법의 말을 듣고서도 태연했다.

풍운번천의 위력을 아는 사람이 이 자리에 있었다.

"그러기에 서두르자고 했건만……."

묵포가 이를 갈며 헌원경을 노려봤다.

마을 입구로 유인하는 것도 모르고 공격하기에 급급했던

것이 후회되는 모양이다.

"흐흐흐. 내가 가서 모두 도륙하도록 하겠소. 그사이에 네 분은 장제를 상대하고 계시오."

"장제가 한 말 못 들었소? 섣불리 움직이지 마시오."

묵포는 못마땅한 표정으로 아래쪽을 쳐다봤다.

'더 있다는 건가?'

헌원경은 안 좋은 예감에 인상을 썼다. 여기서 지원군이 늘어난다면 아무리 헌원경이라도 버거울 수밖에 없었다. 그렇다고 먼저 공격하기에는 다섯 호법의 무공이 예상보다 강했다.

용악이 마을 입구에 도착했을 때는 이미 헌원경과 파천마궁의 다섯 호법이 싸움을 시작한 후였다.

팽팽하게 맞서고 있는 여섯 사람을 지나쳐 마을 안쪽으로 빠르게 움직였다. 헌원경의 싸움은 용악에게 그리 중요하지 않았다.

멀리 걱정스런 표정의 황보소소가 보였다.

황보성의 안색이 많이 초췌해지긴 했지만 건물과 사람들의 피해는 없는 것 같았다.

그제야 용악은 속도를 늦추며 사람들 앞에 내려섰다.

"다들 무사하나요?"

"용 소협!"

황보소소는 용악을 발견하자 얼굴이 환해졌다.

"할아버지께서……."

"봤어요."

용악의 대답에 황보소소는 더 이상 말하지 않았다.

헌원경이 싸우는 것을 봤으면서 이곳으로 왔다는 것은, 그래도 될 만하니까 온 것이란 의미란 걸 이제는 알고 있기 때문이다.

"어딜 다녀오는 건가?"

신공장이 참았다가 엄청난 속도로 물었다.

"겁도 없이 그어놓은 선을 넘는 것들이 있어서… 일단 여긴 괜찮은 것 같으니 노사에게 가봐야겠소. 구노, 부탁해요."

"쿵. 걱정 마라."

구정효가 고개를 끄덕이며 웃었다.

그토록 빠르게 질문하던 신공장이 용악의 한마디에 할 말을 잃은 채 멍하니 있다가 돈오를 돌아봤다.

"들었냐, 돈오. 겁도 없이 선을 넘었다는 것은……."

"더 있다는 소리지. 지금은 아니겠지만."

"지금은 아니라니? 그게 무슨 말이냐, 돈오?"

"파천마궁의 팔대호법이 죄다 왔다고 해도 저 녀석이 상대한 수는 많아봐야 셋이다. 멀쩡한 걸 보니 해치웠네."

"해, 해치워? 그게 지금 말이 된다고 생각하냐, 돈오?"

"듣고 보니 그것도 그러네. 아니면 말라지."

"돈오!"

"안 들려."

신공장의 악쓰는 소리에도 돈오는 안색 하나 변하지 않았다.

듣고 싶은 것만 듣고, 하고 싶은 말만 하는 것에 도가 튼 돈오였다. 더 붙잡고 늘어져 봐야 지치는 쪽은 신공장이었다.

"킁. 말 길게 할 것 없수. 저 녀석이 알아서 할 테니까. 괜히 짐 되지 말고 피하자구요."

구징효는 신공장과 돈오의 대화에 콧방귀를 뀌고는 황보소소의 곁으로 움직였다.

"뭐 하는 게냐, 산도적 놈아."

신공장이 구징효의 행동에 눈을 부라렸다.

"뭐긴 뭐겠수. 용악, 저놈이 조금 전에 한 말 못 들었수? 부탁한다잖수."

"근데?"

"큭. 그렇게 눈치가 없어서야. 용악이 부탁할 사람이 여기 누가 있겠수?"

구징효의 한마디에 모든 시선이 일제히 황보소소를 향했다.

"모두 구 대협의 말씀 들으셨죠? 서둘러요."

황보소소는 구징효의 말을 긍정도 부정도 하지 않고 황보성을 부축하며 집 뒤쪽으로 움직였다.

그 모습에 구징효는 신공장과 돈오를 슬쩍 곁눈질로 돌아보며 웃었다.

신공장과 돈오로 하여금 무지막지한 폭력을 행사하도록 만들기에 충분한 웃음이었다.

"흐흐흐. 저놈이 지금 웃었냐, 돈오 늙은이?"

"웃었다. 저놈, 딴딴한 몸뚱이를 너무 믿는다."

두 사람은 구징효의 웃음에 섬뜩한 후환을 알리는 미소로 답해주었다.

第五章

죽여야지요

천산마제

"헉!"

모재익이 헛바람을 삼키며 제자리에 멈춰 섰다.

눈앞에 보이는 시체 두 구는 분명 파천마궁의 이, 사호법이었다.

"파천마궁의 호법 둘이 이런 곳에서……."

희수가 시체들의 신분을 확인시켜 주었다.

"믿을 수가 없군. 누가 있어 이들을 이런 꼴로 만들 수 있지?"

모재익은 인정해야 했다.

정말로 파천마궁의 두 호법이 죽은 것이다.

여의단 지부장들조차 일대일로는 자신할 수 없는 그들의
시체가 둘이나 뉘여 있었다.

"전신 뼈가 뒤틀렸다. 더구나 파천마궁의 마인들이 전혀
보이지 않는다. 지나치게 깔끔해."

"서둘러야 합니다, 지부장님."

희수는 모재익을 보챘다. 이미 죽은 시체에 더 관심을 가져
봐야 아무 소용이 없기 때문이다.

"흩어져서 올라간다."

모재익은 위축된 표정을 내비치지 않기 위해 이를 악물며
무인들에게 지시를 내렸다. 그리고는 곧장 위를 향해 빠르게
신법을 펼쳤다.

'혹시……'

희수는 기척도 없이 나타났던 용악을 떠올렸다. 하나 이내
고개를 흔들며 부정했다. 아무리 용악이 대단한 고수라 해도
겨우 이십대 중반이었다.

이십대 중반에 저 둘을 한꺼번에 상대할 정파의 청년 고수
는 여의단 총령 사마화인과 정검련 소련주 연주천이 유일했
다.

'아니겠지. 잘생긴데다 무공까지 강하다면 벌써 강호에 소
문이 퍼졌겠지. 딱 내가 좋아하는 얼굴에 성격이었는
데……'

희수는 몇 번이고 입맛을 다셨다.

지금까지 그녀가 반한 남자들은 한결같이 무공보다는 성격이 강한 남자들이었다. 그녀를 쥐락펴락할 수 있는 그런 성격의.

*　　　*　　　*

용악은 헌원경과 파천마궁의 다섯 호법이 싸우는 곳으로 걸어갔다. 헌원경의 풍뢰신장에 눌려 다섯은 진땀을 흘리고 있었다.

그럼에도 그들의 눈이 용악을 향했다.

용악이 그들을 향해 살기를 내뿜었기 때문이다.

꿈틀.

"물러서라."

반응은 그들이 아닌 헌원경에게서 들려왔다.

용악은 대답하지 않았고 여전히 걸어왔다.

"서, 설마……."

"그럴 리가 없다."

칠, 팔호법이 용악을 알아보고 신음과 같은 목소리를 흘렸다.

이, 사호법과 혈강시 두 구는 다섯 호법을 모두 합친 전력과 비교해도 결코 뒤지지 않았다.

나머지 세 호법은 칠, 팔호법의 반응에 인상을 썼다.

용악을 보지 못한 그들로서는 애송이 한 명이 다가오는 것으로만 보였기 때문이다.

그러나 용악이 다가올수록 살기는 짙어졌고 그 살기가 헌원경이 뿜어내는 풍뢰신장과 더해지자 피부가 따끔거릴 정도로 강해졌다.

용악이 나타나기 전까지 그들의 자세는 앞쪽으로 쏠려 있었다. 언제든 움직일 수 있었기 때문이다.

그런 그들의 상체가 자신들도 모르게 일어났다.

공격보다 방어를 위한 본능이었다.

"경고했거늘."

정면을 향해 있던 헌원경의 오른손이 기이한 각도로 꺾이며 등 뒤의 용악을 향했다.

"나도 경고했소, 노사."

"누구도 내 싸움에 끼어들지 못한다."

"그건 혼자일 때 얘기고, 지금은 노사 혼자가 아니오."

"뭐라!"

"일전에 난 분명히 경고했소. 저들이 몰려올 테니 알아서 막으라고. 한데 노사는 전혀 신경을 안 쓰더군. 그 결과가 오늘이오. 노사 때문에 황보 가주와 황보 소저가 다칠 수도 있었소."

"아무도 내 손자 손녀를 건들지 못한다."

"건드렸잖소."

"……."

"자존심 때문에 한 명씩 상대해도 되는 걸 모두 상대하려는 건 아니오, 노사? 그러다 저들 중 한 명이 황보 소저에게 가면? 그때는 어쩔 거요?"

"닥쳐라! 그럴 일 없다."

"끝까지……."

용악도 더 이상 참는 것은 무리였다.

헌원경의 손바닥에서 엄청난 경기가 일었다.

양손으로 펼치던 풍뢰신장이 거의 느껴지지 않을 정도로 느슨해진 순간, 중조의 눈이 번뜩이며 비도가 날아갔다.

헌원경을 노린 것이 아니라 그가 몸을 빼낼 약간의 시간을 벌기 위해서였다.

쾅!

풍뢰신장의 기운에 가로막힌 비도가 땅으로 떨어졌다.

헌원경은 놀란 눈으로 중조를 돌아봤다. 동시에 용악을 향해 막으라고 소리치려 했다.

그러나 용악은 제자리에 선 채 헌원경이 손을 쓰지 못하도록 옆으로 움직인 중조를 쳐다보고만 있었다.

중조의 눈동자가 옆으로 돌아갔다.

용악과 눈이 마주쳤다.

"장제, 집안싸움은 나중에 해라. 애송아, 덕분에… 흭!"

중조는 말을 끝까지 하지 못했다.

푸학!

무언가 땅에서 솟구치며 그의 얼굴을 찔러왔다.

중조는 기겁을 하며 몸을 뉘이며 그대로 뒤로 물러섰다.

용악이 빈손을 움켜쥐었다.

솟았던 외뿔 모양의 흙기둥이 먼지로 화해 사라졌다.

"아무도 내 뒤로 못 간다."

용악의 목소리는 담담했으나 다섯 호법은 일제히 치를 떨었다. 특히 칠, 팔호법은 마른침까지 삼켰다.

"네놈들이 노부를 우습게 만드는구나."

헌원경은 잠시 말을 멈췄다가 중조를 쳐다보며 다시 이었다.

"네놈의 실천 덕분에 아주 좋은 걸 깨달았다. 절파인… 그 따위 것 펼치기도 전에 죽여주마."

쿠르르— 우우웅—

드드드드—!

헌원경의 전신에서 기음이 일더니 급기야 땅이 진동을 일으키기 시작했다. 다섯 호법 전체를 막아야 할 때는 힘을 최대한 억제시켰으나 이젠 그럴 필요가 없어졌다.

"네 녀석은 뒤를 맡아."

용악이 손을 쓰려 하자 헌원경은 신경질적으로 쏘아붙였다. 이 말을 신공장이나 돈오가 들었다면 둘은 제자리에서 펄쩍펄쩍 뛰며 놀라자빠졌을지도 몰랐다.

"대답."

"말 없으면 알았다는 뜻이오."

"……."

헌원경의 눈이 가늘어졌다.

용악과는 단 두 마디도 쉽게 이어지질 않았다.

'저런 녀석을 믿어야 하다니.'

헌원경은 상황 탓을 했다. 지금과 같은 상황만 아니었어도 용악에게 결코 뒤를 맡기진 않았을 거라고.

희수는 땅이 진동하는 소리에 재빨리 나무 위로 올라가 주위를 살폈다.

"헛!"

한 노인을 다섯 명의 같은 복장을 한 자들이 둘러싼 상황이 보였다. 하나 희수가 놀란 이유는 따로 있었다. 그들 뒤, 그녀를 곤란하게 만든 용악이 싸움을 지켜보며 서 있었기 때문이다.

"안 도와주고 뭐 하는 거지?"

당연한 의문이었다.

"저, 저 무공은 풍뢰신장이다!"

희수의 바로 옆에서 모재익이 입을 쩍 벌렸다.

"풍뢰신장이라면… 장제의 무공이 아닌가요, 지부장님?"

"맞다."

"오악무제 중 한 분이신⋯⋯."

"장제⋯ 그래, 장제셨구나. 파천마궁의 호법 둘을 죽인 분이 장제셨구나."

모재익은 올라오면서 봤던 두 구의 시체가 헌원경의 솜씨라 믿어버린 모양이다.

'그 시체들의 상처는 저런 파괴적인 무공에 당한 상처가 아니었는데⋯⋯.'

희수가 고개를 갸우뚱거리며 모재익의 말을 부정했으나 모재익은 이미 헌원경과 다섯 호법의 싸움에 집중하느라 보지 못했다.

"도와드리지 않나요?"

"도와? 희수야, 장제와 같은 고수가 도움을 바랄 것 같으냐? 아서라, 장제의 손에 죽고 싶지 않으면."

모재익의 말이 끝났을 때 헌원경과 다섯 호법의 격돌이 막 시작됐다.

풍운번천에 의해 만들어진 거대한 먼지구름이 다섯 갈래로 갈라졌다. 다섯 호법들은 제각기 다른 빛을 만들며 먼지구름을 파훼해 갔다.

쿠콰콰쾅!

"⋯⋯!"

희수는 엄청난 굉음이 곧이라도 자신을 덮칠 것 같은지 나무에 댄 손에 저절로 힘을 주었다.

'저것이 초절정의 단계를 앞둔 오악무제의 위력이구나……'

겨우 한 번의 격돌이 만들어낸 주위 광경은 실로 엄청났다. 주변의 땅은 용암이라도 흘러내린 것처럼 울퉁불퉁해졌고 근방의 나무는 이십 장 가까이 제멋대로 날아가 버렸다.

"풍운번천… 실로 가공한 무공이구나. 일전에 우연히 염제께서 싸우는 모습을 봤는데… 그때와는 또 다른 가공함이다."

"어떻게 다르죠, 지부장님?"

"염제께선 결코 두 번 손을 쓰지 않으셨다."

"그럼 염제가 더 강하다는……."

"아니지, 염제는 저런 싸움을 하지 않으신다는 뜻이다. 간결하지. 한 번에 한 명씩. 저런 식의 싸움을 아예 만들지 않으시겠지."

어려운 얘기였다.

희수는 이내 화제를 돌렸다.

"저 뒤에 있는 사람이 사마 총령께서 말씀하신 분이에요."

"뒤… 저 청년 말이냐?"

"예."

"……."

모재익이 갑자기 말을 멈추었다.

모재익은 헌원경의 무위에 집중하느라 저곳이 어떤 상태

란 것을 까먹고 있었다.

기의 폭풍으로 날리는 먼지 하나에도 경기가 실려 있을 텐데 희수가 가리킨 청년은 가끔 손을 젓는 행동만 할 뿐 제자리에 서서 꼼짝도 하지 않았다.

쿠쾅!

다섯 호법은 일제히 물러서며 시선을 교환했다.

헌원경을 상대하는 것만으로도 벅차지만 뒤쪽에 있는 용악이 신경을 분산시키고 있었다.

저놈이 정말 이, 사호법을 상대했을까?

만약 장제와 합공을 하면?

다섯 명은 온전히 집중해도 상대하기 벅찬 헌원경의 앞에서 생각을 흩트렸다.

"갈!"

헌원경이 호통과 함께 손을 휘저었다.

어수선한 틈을 노리긴 했지만 묵포의 반응은 의외로 느렸다.

펑!

북 찢어지는 음향과 함께 묵포의 신형이 일직선으로 밀려났다. 양옆의 칠, 팔호법이 아니었다면 일곱 걸음이 아니라 몇 장은 밀려났을지도 몰랐다.

엉겁결에 제대로 한 방 맞은 묵포는 곧바로 자세를 잡았다.

목구멍으로 넘어오는 비릿한 피 냄새가 코를 찔러왔다.

'이대로는 곤란하다.'

묵포가 청살검을 돌아봤다.

때마침 청살검 역시 묵포를 돌아보고 있었다.

굳이 말을 나누지 않아도 알 수 있는 표정이었다.

"장제, 잘 보관하고 있어라. 곧 찾으러 다시 오겠다."

청살검이 이를 갈며 헌원경을 노려봤다.

"허허허. 올 때는 마음대로 왔지만 갈 때는 너희들 마음대로 안 된다."

헌원경이 고개를 내저으며 차가운 눈으로 다섯 명을 노려봤다.

"그럴까?"

청살검이 웃었다.

뭔가 믿는 구석이 있다는 표정이었다.

헌원경은 본능적으로 빠르게 뒤쪽을 돌아봤다.

청살검은 데려온 부하들을 이동시키고 있었다.

용악이 말했던 바로 그 협박을 실천하려고 하는 것이다.

"허!"

헌원경은 기가 막혔다.

혼자일 때는 걱정거리도 안 되는 것들이 지금 헌원경의 손과 발을 묶고 있었다.

"어린놈, 너도 움직일 생각 마라."

청살검이 이번엔 용악을 쳐다보며 경고했다.

그러나 용악에게 그런 수법이 통할 리 없었다.

마을에는 신공장, 돈오, 구징효가 황보소소와 마을 사람들을 지키고 있었다.

"그건 내가 알아서 할 테니 네 목이나 신경 써."

용악은 기다렸다는 듯이 청살검을 향해 움직였다.

"기다려라."

"노사는 저놈들 말을 믿소? 나는 안 믿으니 확인해 봐야겠소."

"멈추라 했다."

헌원경의 목소리가 조금 커졌다.

용악은 멈춰 서서 헌원경을 쳐다봤다.

"내 생각엔 저들보단 노사가 데려온 두 노인장과 구노를 믿어야 할 것 같소만?"

"내가 알아서 할 것이다."

헌원경이 용악의 말을 끊었다.

상황을 주도하는 사람은 오직 그 자신뿐이어야 했다.

"고집불통이군. 그럼 조금 전에 합의 본 것도 무효요. 이제부턴 각자 하고 싶은 대로 합시다."

쉭.

용악이 헌원경의 대답도 듣지 않고 움직였다.

"쳐라!"

청살검은 빠르게 소리친 후 다른 호법들과 동시에 용악에게 손을 썼다.

그러나 용악은 다른 호법의 공격에는 신경도 쓰지 않고 오직 청살검의 마비반강을 향해 양손을 뻗었다.

"허! 무모하다!"

헌원경이 다급히 외치며 용악을 공격하는 네 호법을 향해 풍운번천을 날렸다.

쿠쾅!

용악과 청살검 사이에서 폭음이 일었고 이어서 네 호법의 공격과 풍운번천이 격돌을 일으키며 어마어마한 굉음을 만들어냈다.

콰콰콰콰!

"……!"

청살검은 폭음 따위는 들리지 않았다.

오직 그의 앞을 향해 다가오는 악마 하나만이 보일 뿐이었다. 마비반강을 맨손으로 잡아낸 인간 같지 않은 용악이 빠르게 다가오고 있었다.

마비반강을 다시 일으키려 했으나 그의 앞에서 불쑥 흙기둥이 일어났다.

뾰족한 흙기둥을 피한 후 용악을 찾았다.

그때, 그의 옆에서 누군가 검을 잡았다.

"움직였다. 이제 어쩔 생각이지?"

뿌옇게 일어난 먼지 사이로 용악의 목소리가 들렸으나 청살검은 입을 열 수 없었다.

이화유능제가 몸 안으로 침투해 검에 집중됐던 진기를 순식간에 끊으며 꼼짝 못하게 만든 것이다.

청살검과 같은 고수라면 충분히 응변이 가능했을 상황이었지만 마비반강을 맨손으로 잡는 용악의 모습 때문에 반응이 느려지고 말았다.

우드득!

뼈가 뒤틀리는 기음이 청살검의 몸에서 시작됐다.

상대가 무방비 상태라면 일흡 나선투로도 충분히 제압할 수 있으나 용악은 일흡 급속을 사용해 청살검의 전신을 뒤틀어 버린 것이다.

"끄으으……"

청살검은 신음을 흘리면서도 용악의 얼굴을 보기 위해 고개를 들었다.

용악의 눈이 더욱 차가워졌다.

일흡 급속에 의해 전신이 뒤틀리고 있는데도 소리를 낸 것이 못마땅한 까닭이다.

곧바로 오른 손바닥으로 청살검의 가슴을 때렸다.

"컥!"

피를 토하며 날아가는 청살검의 눈에 불신의 빛이 일렁였다.

콰콰쾅!

용악의 주위로 엄청난 폭풍이 일어났다.

용악은 옷자락을 흩날리면서도 제자리에서 움직이지 않았다.

스스스스—

먼지가 걷히며 상황이 드러났다.

즉사한 청살검과 칠, 팔호법이 땅에 널브러져 아무렇게나 뒹굴고 있었고 묵포와 중조는 보이지 않았다.

"네놈! 감히!"

헌원경의 호통이 용악을 향했다.

그러나 그런 호통에 겁먹을 용악이 아니었다.

헌원경을 돌아본 용악은 대답없이 다시 몸을 날렸다.

"어딜 가는 게냐! 이리 오지 못하겠느냐!"

뒤쪽으로 헌원경의 명령이 이어졌으나 용악에겐 더 중요한 일이 따로 있었다.

용악은 기감을 최대한 높이며 묵포와 중조의 흔적을 찾았다. 하나 그들의 흔적은 현재의 용악으로선 쉽게 찾아낼 수 없었다.

'혹시 그들이라면… 아직 근처에 있으려나?'

생각은 빠르게 입을 통해 흘러나왔다.

"있느냐?"

용악은 천마수에 진기를 좀 더 주입했다.

사림이종이라 불리던 목노와 뚱노를 찾는 것이다.

눈꺼풀을 십여 번 깜빡였을 시간이 흐른 뒤, 어디선가 방울 소리가 들려왔다.

딸랑딸랑—

용악은 방울 소리가 들리는 방향으로 고개를 돌렸다.

그곳으로 가려면 한참을 돌아야 했다.

그럴 시간이 없었다.

곧장 길을 가로질러 굴곡을 무시하며 신법을 펼쳤다.

묵포와 중조가 도망치기 위해서는 태산을 내려가야 한다. 그 길에서 잠깐이라도 시간을 벌 수 있다면 충분히 쫓아갈 수 있었다.

"나와라."

용악은 숨어 있던 혈강시마저 불렀다.

굳이 말로 설명할 필요도 없었다.

숲 한쪽에서 혈강시 두 구가 튀어나오며 용악이 가려는 방향으로 날아갔기 때문이다.

나무든 돌이든 혈강시의 몸에 닿는 것들은 모두 부서져 나갔다.

혈강시들은 점점 용악과 거리를 벌리더니 그대로 아래를 향해 떨어져 내렸다.

쾅!

용악은 숨을 크게 들이마신 뒤 상체를 뒤로 젖혔다가 그대로 쏘아져 나갔다.

일흡 탄형.

만벽의 원리를 이용해 등 뒤에 벽을 만든 다음 그 무형의 벽을 차서 빠르게 날아가는 신법이었다.

혈강시 두 구가 멈춰 선 곳으로 내려선 용악의 눈에 황당한 표정의 두 사람이 들어왔다.

"주인님, 저희들이 처리할까요?"

허공에서 목노의 음성이 사이하게 울렸다.

일부러 목소리를 변조시킨 것이다.

"됐다."

딸랑딸랑―!

방울 소리가 멀어졌다.

"산이 아니었다면 놓쳤을 수도 있겠어. 도망치는 재주가 대단한데?"

용악은 묵포와 중조를 쳐다봤다.

"아까 방울 소리는 분명… 군마령… 맞느냐?"

"그렇다고 하더군."

"군마령의 주인은 누구냐? 혈강시를 제압할 수 있는 유일한… 헉!"

묵포는 따지듯 묻다가 용악의 손짓을 보고 기함을 터뜨렸다.

용악이 혈강시 두 구를 향해 다가오라는 손짓을 하자 용악의 말을 알아듣기라도 하는 것처럼 혈강시 두 구가 용악 옆에 나란히 섰기 때문이다.

"유일하진 않아. 이것들은 오직 내 말만 듣게 되어 있으니까."

"…네, 네놈은 도대체 누구냐?"

두 사람은 정신이 하나도 없었다.

느닷없이 나타나 헌원경과 말다툼을 하질 않나, 다섯 호법을 상대로 전혀 물러서지 않고 싸우질 않나.

"너희 둘을 죽여서 다시는 태산으로 발을 들이지 못하게 할 사람."

"그, 그런다고 궁주께서 가만히 계실 줄 아느냐?"

"적어도 함부로 움직이진 않겠지. 나도 균형이란 것에 대해서는 조금 아는데… 너희들은 그것을 깨뜨렸어. 다른 곳에서 호법이란 자들이 전멸했다는 것을 알고 가만히 있을까?"

용악은 비릿하게 웃었다.

묵포와 중조는 지금까지 보아온 그 어떤 사이한 미소도 눈앞의 용악만큼 잔인해 보이진 않을 거라 여겼다.

청살검의 마비반강을 맨손으로 잡은 순간부터 두 사람은 용악이 자신들의 상대가 아니란 것을 직감했다.

방법은 오직 한 가지뿐이었다.

촤악!

묵포는 묵창을 만들었고, 중조는 절파비환에 비도를 섞어 동시에 공격했다.

용악은 그들의 공격을 지켜보다 손을 들어 올렸다.

어떻게 이들을 상대해야 하는지, 어떤 공격으로 반격해야 하는지 생각할 필요를 전혀 느끼지 못했다.

쾅!

묵직한 충격이 왼손에 느껴졌다.

파바바박!

중조가 던진 수십 개의 비도는 차례로 용악의 오른손에 잡혀 바닥으로 떨어져 내렸다.

기습에 실패한 두 사람은 순간적으로 허점투성이가 됐다.

턱.

그런 둘의 가슴에 용악의 손이 하나씩 닿았다.

찢어질 듯 커지는 두 사람의 눈.

용악은 그들의 중간에 서서 그대로 일흡 급속을 밀어 넣었다.

'역시나 이상해. 너무… 쉽다.'

꽈득!

듣기 거북한 음향이 두 사람의 몸에서 시작될 때였다.

"……!"

용악은 눈부신 속도로 뒤돌아서서 양손을 내밀었다.

쾅!

어깨가 빠지는 것 같은 충격과 함께 용악의 신형이 뒤로 쭉 밀려났다.

"그들은 살려주는 게 좋겠네, 젊은이."

*　　　　*　　　　*

마을 사람들을 공격하기 위해 달려들던 파천마궁의 무리들은 신공장, 돈오, 구징효 때문에 공격 한 번 제대로 펼쳐보지 못하고 날아가기 바빴다.

그런 그들에게 재앙이 닥쳤다.

바로 다섯 호법을 날려버리고 어느새 날아온 헌원경의 분노의 장력이 한꺼번에 십여 명씩 피떡을 만들며 사방을 휘저은 탓이다.

급기야 파천마궁의 무리들은 혼비백산하여 산 아래로 줄행랑치기 바빴다.

"괜찮으세요, 할아버지? 용 소협은요?"

황보소소가 헌원경에게 다가오며 묻다 주위를 돌아보았다.

"녀석은 좀 있다 올게다."

헌원경이 황보소소의 행동을 보고 냉담하게 대답해 주었다.

"왜요?"

"낸들 어떻게 알겠느냐. 감히 노부의 싸움에 끼어들다니. 돌아오는 즉시 그놈의 조동아리와 다리를 부러뜨려 움직이지 못하도록 해야겠다."

"하, 할아버지……."

이번엔 황보소소의 애절한 목소리도 소용이 없었다.

"결국 저질렀군."

신공장이 혀를 차며 안타까워했다.

헌원경의 말속에 담긴 내용을 신공장은 충분히 상상할 수 있었다. 용악이 헌원경의 말을 무시하고 같이 싸웠을 것이다.

"이번엔 신공장 늙은이가 막아라."

돈오가 뜬금없이 말했다.

"내가? 뭘?"

"헌원 늙은이가 사고 치기 전에 막으라고."

"왜?"

"녀석이 아니었으면 헌원 늙은이 고집에 아직도 혼자서 싸우고 있었을 것 아냐. 내가 볼 땐 그 녀석이 잘한 거다."

돈오는 평소의 그답지 않게 말이 길었다.

"돈오, 뭐라고 했나?"

헌원경이 들었던 모양이다.

돈오를 향해 굳은 얼굴로 다가왔다.

"인정할 건 인정해야지. 이번엔 헌원 늙은이가 할 말 없다. 처음부터 뒤통수 칠 작정이었으면 꼼짝없이 당할 뻔했다."

돈오는 거침없이 할 말을 쏟아냈다.

헌원경은 돈오를 노려보긴 했으나 이내 돌아섰다.

"으잉?"

신공장이 놀란 눈으로 헌원경과 돈오를 번갈아 쳐다봤다.

"신공장 늙은이, 나, 아직 괜찮은 거냐?"

표정 변화 없는 돈오의 얼굴은 조금 전과 다름없었으나 헌원경이 손을 쓸까 봐 무지하게 떨었던 것이다.

"도대체 반백 년을 봐도 알 수 없는 그 얼굴은……. 그 신기한 얼굴 때문에 헌원 늙은이가 질려서 봐준 모양이다. 그나저나 헌원 늙은이 오늘따라 이상하네?"

신공장은 고개를 갸웃거리며 안채로 들어가는 헌원경을 신기한 눈으로 쳐다봤다.

"신공장 할아버지, 이젠 괜찮은 건가요?"

황보소소가 걱정스런 눈으로 떨고 있는 마을 사람들을 돌아봤다. 그제야 신공장은 정신이 들었는지 마을 사람들을 독려하며 바쁘게 움직였다.

"킁. 돈오 선배, 왜 말렸수?"

구징효가 늘쩡거리며 돈오에게 다가왔다.

"안 말렸다."

"언제고 장제 영감탱… 이 아니라, 장제께서도 용악에게 한 방 제대로 먹을 거유."

"헌원 늙은이는 그런 거 안 먹는다. 너나 많이 먹어."

"크큭. 돈오 선배도 이미 예상하고 있잖수?"

"너."

"듣고 있수."

"마을 정비 끝나면 뒈지게 처 맞을 줄 알아."

돈오는 그 말을 끝으로 구징효를 지나쳐 신공장에게로 걸어갔다.

혼자 남은 구징효는 돈오의 말이 농담인지 진담인지 구별을 하지 못해 헛갈렸다. 농담이라면 다행이지만 진담이라면 생각만 해도 머리가 지끈거렸다.

"같이 가요, 돈오 선배님!"

구징효만의 처세술이었다. 그 누구에게도 통하지 않지만 오직 돈오에게만 통하는.

정말로 돈오는 빠르게 걷던 걸음을 늦추며 구징효를 기다려 주었다.

"여의단 산동 지부장 모재익이 황보 가주를 뵙고자 찾아왔소!"

우렁찬 모재익의 음성이 마을 입구로 향하는 사람들을 또 한 번 질리게 만들었다.

第六章
십인회

천산마제

용악은 내부가 진탕되어 들끓는 기혈을 진정시키고서야 신형을 바로 세울 수 있었다.

"실력이 제법이더구나."

한 노인이 묵포와 중조의 머리맡에 서서 용악에게 말을 건넸다.

노인은 악지군과 함께 폐허가 된 혁련세가에 나타났던 부절 외혁우였다.

"이제야 진짜가 나타난 건가?"

"진짜? 무슨 소린지 모르겠군."

외혁우는 태연하게 대답하면서 용악의 손을 쳐다봤다. 그의 지력을 막은 손의 상태를 살피려는 것이다.

그러나 굳이 확인할 것도 없었다.

용악이 손을 들어 주억거리며 멀쩡하다는 것을 보여줬기 때문이다.

'손으로 펼치긴 했어도 일부일혈을 맨손으로 막았다고?'

"호법보다 위면… 궁주인가?"

용악은 아직도 진정되지 않은 속을 억지로 가라앉히며 담담하게 물었다.

"궁주? 후후후. 난 그런 건 모르네. 단지 이들이 죽어선 곤란하기 때문에 나선 것뿐이야."

"그렇다면 안됐군, 곧 죽을 테니."

"과연 그럴까?"

외혁우는 의미 모를 웃음과 함께 묵포와 중조의 이마에 손을 댔다. 마치 살려낼 자신이 있는 것처럼 웃음까지 지었다.

그러나 일흡 급속에 당한 묵포와 중조를 살릴 수 없다는 걸 깨닫는 데까지 많은 시간은 필요없었다.

"…음?"

외혁우는 묵포와 중조의 이마에 손을 대고 뭔가를 시도하려 했으나, 그가 실행에 옮기기도 전에 두 사람의 전신이 제멋대로 뒤틀리고 말았다.

두둑― 우두둑―!

"정말 기괴한 무공이로군."

외혁우는 믿기지 않는 눈으로 용악을 응시했다.

"이자들의 진기를 스스로 날뛰게 만드는 수법만 봐선 혈교의 흡성대법과 비슷한데… 흡수하지는 않는다? 게다가 강시까지 데리고 있고. 자네는 누군가?"

"……"

용악은 외혁우를 보며 이채를 발했다.

두 호법의 이마에 손 한 번 올린 것만으로 일흡 급속에 대해 파악했다는 것이 놀라웠기 때문이다.

"어째서 자네와 같은 청년이 강호에 있다는 걸 내가 몰랐을까? 출도한 지 얼마 되지 않았나? 그렇다면 이해가 되겠지만……"

외혁우는 말을 하면서 자연스럽게 용악의 상태를 살폈다. 하나 용악은 입을 꾹 다문 채 외혁우를 쳐다보기만 했다.

"내 공격을 막아낸 것만 해도 대단한데 동요도 없다? 보면 볼수록 놀라운 청년이군, 그래."

"다……"

용악이 외혁우의 말을 자르며 입을 열었다.

"지겨웠나?"

"……!"

용악의 담담한 표정과 전혀 어울리지 않는 말투에 외혁우의 눈썹 한쪽이 올라갔다.

"자네는 곧 파천마궁의 제일 표적이 될 게야. 그들에겐 저런 강시는 전혀 도움이 안 되지. 나라면… 몰라도."

"……."

"도움이 필요한가?"

용악을 떠보기 위해 건넨 말이었다.

묵포와 중조가 이곳에서 죽었다는 것은 다른 다섯 호법들 역시 무사하지 못하다는 것을 뜻했다. 파천마궁에 대해 알고 있을 것이며 그들의 제일 표적이 된다는 것이 어떤 의미인지 알고 있을 것이다.

"쥐새끼처럼 숨어서 암습이나 하는 자가 할 말은 아닌 것 같은데?"

용악의 단호한 반문에 외혁우는 얼굴이 붉어졌다.

이제껏 그 누구에게도 들어보지 못한 말을 애송이, 겨우 파천마궁의 호법 둘을 죽였다고 기고만장하는 애송이에게 들은 것이다.

하나 외혁우는 화를 내는 대신 오히려 미소를 지었다. 단순히 당혹감을 감추기 위해 지은 미소가 아니었다.

칠대호법이 태산으로 떠났다는 악지군의 말을 듣고 안 좋은 예감이 들어 이곳까지 오게 됐다.

십천좌의 무공을 익힌 자들을 찾아내어 세상으로부터 보호하는 것.

십인회의 목적이었다. 물론 보호라는 명목하에 죽인 자들도 부지기수였지만.

그런 일을 해온 외혁우의 감각이 용악을 주시하라고 경고하고 있었다.

"나머지는 죽었는가?"

두 호법을 제외한 다섯 호법에 대한 질문이었다.

"물론."

"그 강시들은 자네가 만든 것이고?"

"그렇지는 않지만… 내 것이라고 해도 무방하지."

"혹시 최근에 소호에 들른 적 없나?"

조금 전 질문과 전혀 상관없는 질문이었다.

용악은 외혁우의 질문에 대답하지 않았다.

"최근 동료 세 명이 소호에서 죽은 일이 있었네. 셋 중 한 명은 여자였지."

'동료? 그자들이 동료라고? 그럼 이자 역시 그들처럼 십천좌의 무공을 사용한다는 뜻인가?'

외혁우가 말하는 자들은 화, 빙, 풍이었다.

묵포와 중조의 시체를 보며 안색 하나 변하지 않는 걸로 봐서 파천마궁의 인물은 아니지만, 파천마궁을 어떤 식으로든 이용하려는 자가 분명했다. 십이대세가를 이용하려 했던 혁련세가처럼.

"다시 묻지. 자네는 누군가?"

외혁우의 말투에 여유가 묻어났다.

"아니지."

용악이 고개를 가로저어 외혁우의 말을 자르고는 다시 입을 열었다.

"이번엔 내가 묻겠다. 그들과 무슨 관계지?"

"그들?"

외혁우가 고개를 갸웃거리며 되물었다.

용악은 피식 웃었다.

그러자 외혁우는 급히 손을 들어 올렸다.

용악의 눈이 번뜩였고 곧바로 발 앞쪽 땅이 불쑥 일어났다.

쾅!

"역시 쥐새끼였군."

"후후후. 조금 전 공격을 막은 것이 우연은 아니다? 그렇다고 바뀌는 건 없다. 네가 알고 있는 것들을 말하기 전에는."

외혁우는 자신의 공격을 막아내는 용악의 무공에 감탄을 했지만 그럼에도 손을 쓰는 데 전혀 주저함이 없었다.

외혁우의 손가락이 모여 구부러지며 용악이 만들어낸 벽을 부숴대기 시작했다.

쾅!

용악이 만들어낸 흙기둥이 너무도 쉽게 먼지로 화했다.

'역시 이자의 무공… 부좌란 자와 같다.'

용악은 천산에서 싸웠던 십천좌 중 도끼 두 개를 사용했던 자를 떠올렸다. 특이한 방식의 도끼질이기에 기억하고 있었다.

도끼[斧]는 주로 때리는 것을 위주로 한다. 하나 부좌란 자는 찍는 형태의 공격이 주를 이루었다.

망치로 정을 때리듯이 한 점에 집중된 타격은 천산에서의 용악도 막는 것이 쉽지 않았다.

부좌의 도끼는 근접거리에선 찍어왔고, 찍은 후 곧바로 틀었으며, 거리를 두면 던졌다. 이 세 가지가 얼마나 빠른지 당시를 떠올리면 절로 혀가 내둘러질 정도였다.

그것을 지금 외혁우가 손으로 펼치고 있었다.

콰압!

외혁우는 흙기둥에 손을 박은 후 곧바로 틀었다.

파학—!

흙이 사방으로 날리며 벽이 사라졌다.

용악은 이미 멀찌감치 물러서 있었다.

큐욱!

역시나 외혁우의 손에서 날카로운 예기가 용악의 이마 한가운데를 노리고 찔러왔다.

용악이 고개를 돌려 피했으나 머리카락 몇 올 잘리는 건 어쩔 수 없었다. 아니, 그런 것에 신경 쓸 여유가 없었다. 이번엔 외혁우의 양손이 양쪽 가슴을 노려왔기 때문이다.

콰쾅!

폭음이 터지며 잠시 공방이 멈췄다.

"그리 급했느냐, 장난감까지 버릴 정도로?"

"장난감은 아니지만 그 정도 공격에 부서질 것들은 아니다."

용악이 빈정거리며 외혁우를 자극했다.

"그 정도?"

외혁우의 반문에 답이라도 해주듯 혈강시 두 구가 멀쩡하게 용악의 앞으로 나란히 섰다.

"……!"

외혁우는 놀란 표정을 숨기지 않았다.

혈강시 두 구가 만근거력의 힘이 담긴 그의 손을 견뎌낸 것이다.

"놀랍구나."

"더 놀라게 해줄까?"

"……?"

"부좌였다면 처음부터 도끼를 꺼냈을 거야."

용악은 웃으며 말했다.

외혁우의 머리끝이 차갑게 식으며 빠르게 발끝까지 전달됐다.

부좌라는 말은 모르면 결코 할 수 없는 말이었다.

"어떻게……!"

"도좌, 권좌에 이어 부좌라. 정말 그들이 세상에 나오기라도 한 거냐?"

"도, 도좌… 권좌……."

외혁우의 놀람은 이제 도를 넘어섰다.

용악이 희창과 화, 빙, 풍에 대해 말하고 있다는 것을 깨달았기 때문이다.

그들의 존재는 십인회 외에 아무도 알지 못한다. 사마화인이란 녀석이 조사한답시고 들쑤시고 다니지만 결국은 아무것도 알아낼 수 없을 것이다.

한데 눈앞의 이름조차 들어보지 못한 애송이가 정확하게 외혁우가 부좌의 무공을 펼친 것을 알아봤다.

'혼자 온 것이 이런 낭패를……'

용악을 만나기 전 들려왔던 범상치 않았던 방울 소리와 미세한 움직임들, 손으로 펼치긴 했으나 일부일혈을 여섯 번 펼친 것과 같은 육부절을 몸으로 막아낸 혈강시 두 구, 더 있을지도 몰랐다.

외혁우 혼자서 처리할 상황이 아니었다.

"이름을 알려주겠느냐?"

"이들을 살리려고 한 이유가 뭘까?"

용악은 외혁우의 질문을 무시하고 오히려 반문했다.

"……?"

"이런 생각을 해봤지. 파천마궁이 호법들을 잃으면 다른 두 세력에서 가만히 있지 않을 것이다… 라는. 그래선 불리하지 않나? 파천마궁이나 당신이나."

용악은 외혁우의 눈을 똑바로 쳐다봤다.

외혁우의 눈동자가 아주 미미하게 흔들렸다.

황보세가와 관련된 어떠한 말도 하지 않기 위해 꾸며낸 말이 먹힌 모양이다. 이럴 때는 굳이 구석까지 몰 필요 없다. 최대한 태연하게 꼬리를 내릴 때까지 기다려야 한다. 그래야 아무도 다치지 않는다.

용악은 문득 헌원경에게 했던 말이 생각났다.

혼자일 때와 그렇지 않을 때는 다르고 했던가?

지금 용악의 모습이 바로 마을 입구에서 봤던 헌원경의 모습이었다.

용악의 입가에 자조 섞인 미소가 그려졌다.

같은 웃음이라도 상황에 따라 다르게 보이기 마련이다. 외혁우는 용악의 미소를 자신감이라 여기고 슬쩍 중심을 뒤로 옮겼다.

"후후후. 다음에 볼 때가 기대되는구나."

외혁우는 용악이 어떻게 십천좌에 대해 알고 있는지, 이곳에서 왜 파천마궁의 호법들과 싸웠는지 알고 싶었으나, 굳이 지금 들어야 할 이유는 없었다.

용악이 희창과 화, 빙, 풍을 알고 있다면 그 자리에 있던 자들 중에는 분명 용악에 대해 알고 있는 자가 있을 것이다.

'굳이가 곧 혁련휘지를 데려오면……'

용악은 외혁우에 대해 많은 것을 알고 있는 반면, 외혁우는 용악에 대한 정보가 거의 전무하다시피 했다. 이럴 때는 굳이 부딪치는 것보다 피하는 쪽이 낫다. 비록 자존심이 상하더라도.

외혁우는 용악을 뚫어져라 노려보다 곧장 몸을 날려 산 아래쪽으로 사라졌다.

"……."

용악은 손을 매만지며 외혁우가 완전히 보이지 않을 때까지 제자리에 서 있었다.

외혁우의 마지막 공격을 혈강시로 막게 한 다음 곧바로 반격했어야 했다. 하나 외혁우는 일흡 기벽을 일으킬 시간조차 주지 않았다.

묵포와 중조를 상대할 때와는 비교도 할 수 없는 어려운 싸움이었다.

"주인님… 무서운 자였습니다."

사림이종도 싸움을 지켜봤는지 놀란 눈으로 다가오며 외혁우가 사라진 방향을 쳐다봤다.

"강시들이 아니었으면 곤란했으려나?"

용악은 '픽' 하고 웃으며 자신의 양손을 내려다봤다.

외혁우의 움직임과 무공 정도를 눈으로는 볼 수 있었다. 눈으로 보인다면 당연히 상대할 수도 있어야 하는데 보는 것만큼 몸이 따라주질 않았다.

"아! 이 강시들 말이야."

용악이 황보세가로 돌아가려다 사림이종을 돌아봤다.

"예, 주인님."

"다른 사람에게 주려면 어떻게 해야 하지?"

"다른……."

"필요한 사람에게 주려고."

"……."

"안 되나?"

"그, 그런 것은 아니지만… 대법을 펼쳐야 합니다."

"대법?"

"누구에게 주려고 하시는지 여쭤봐도 되겠습니까?"

"보호가 필요한 사람."

용악의 대답에 사림이종은 서로를 바라본 후 고개를 끄덕였다.

용악은 마을로 들어서며 주위를 둘러보았다.

마을 입구는 성한 곳이 없었다. 그나마 헌원경이 싸우면서 아래로 내려갔기에 망정이지, 이곳에서 격돌이라도 했다면 마을이 남아나지 않았을 것이다.

"세상에… 정말로 무사하셨네요?"

믿기지 않는 눈으로 먼저 말을 건넨 여인은 파천마궁의 호법들에 대해 알려주던 아미파의 제자 희수였다.

그녀는 여의단 산동 지부의 고수들에게 용악을 가리키며 사마화인이 말했던 그 사람이라고 설명했다.

반응은 빠르게 일어났다.

고개만 돌리던 고수들이 일제히 희수의 앞으로 나와 포권을 취한 것이다.

"산동 지부의 대장들이에요. 이분은 용 소협이세요."

희수가 재빨리 앞으로 나와 용악과 상관들을 소개했다. 하나 그들의 의지와 무관하게 용악은 대꾸도 없이 곧장 안채 쪽으로 걸어갔다.

포권까지 취한 산동 지부의 대장들로선 불쾌한 행동이 아닐 수 없었다.

"이 보……."

희수가 아미를 찡그리며 용악에게 삿대질이라도 할 것처럼 손을 들어 올릴 때, 누군가 손을 막으며 고개를 가로저었다.

"쿵. 기분들 나빠하지 마쇼, 원래 그런 녀석이니."

"……."

희수는 구징효의 얼굴을 보는 순간 입을 다물어야 했다. 다른 남자들보다 머리 하나는 더 큰 덩치에 보는 것만으로 질리게 만드는 검상이 무시무시하게 느껴진 까닭이다.

"누구신지……."

"용악과 마찬가지로 황보세가의 식객."

"아……."

"쿵."

구징효는 콧바람을 힘차게 뿜어내고는 되돌아섰다.

전신에서 풍겨지는 땀 냄새와 강호의 거친 삶을 몸으로 직접 겪었을 것 같은 저 몸과 얼굴, 게다가 여자에게는 전혀 관심없다는 저 태도까지.

'멋지다.'

희수는 자신의 얼굴이 붉어지고 있다는 것도 모르고 구징효의 등을 계속해서 바라봤다.

구징효에게 한눈에 반하고 만 것이다.

용악이 들어가자 방 안에 있던 사람들의 반응이 제각각이었다.

헌원경은 눈을 가늘게 뜨며 고개를 돌려 버렸고, 황보성과 신공장과 돈오는 웃으며 반겨주었으며, 황보소소는 일어나 용악을 맞아주었다.

"걱정했어요."

"노사한테 말했는데……."

용악이 왜 말해주지 않았느냐는 눈으로 헌원경을 돌아봤다.

"용케도 죽진 않았구나."

헌원경은 용악을 쳐다보지도 않으며 말했다.

말투는 최대한 점잖았지만 뼈가 들어 있었다.

"나이가 있는데 그럴 수야 없죠. 그리고 누구 때문에 이 고생을……."

"내 탓이라고 하고 싶은 게냐!"

헌원경이 용악의 말을 자르며 버럭 소리를 질렀다.

파천마궁의 다섯 호법과 싸울 때 했던 말을 또다시 할까 봐 미리 선수를 친 것이다.

"아닌가요?"

용악은 헌원경의 바람을 무시했다.

순식간에 방 안 공기가 싸늘해졌다.

"허허허. 차라리 그놈들 손에 죽는 것이 나을 뻔했구나. 네 놈이 그간 한 일을 생각해 애써 참고 있었거늘, 기어코 나를 나쁜 할애비로 만들고 마는구나."

헌원경은 천천히 자리에서 일어났다.

드드드드—!

방 안이 흡사 지진이라도 난 것처럼 흔들리기 시작했다.

"할아버지, 그만 하세요."

방안을 울리는 진동과 소음은 여전했지만 모두들 황보소소의 목소리를 똑바로 들을 수 있었다.

"허허. 소소야, 나서지 마라."

"나서야겠어요. 저는 할아버지나 용 소협이 다치는 걸 원치 않아요."

황보소소가 입술을 굳게 다물며 고개를 가로저었다.

'이건 무슨… 엄청나잖아!'

모재익은 나이 오십이 될 때까지 이런 광경은 본 적이 없었다. 삽시간에 뒤바뀐 방 안의 상황은 그가 끼어들 틈을 주지 않았다.

오악무제 중 한 명인 장제 헌원경과 사마화인이 직접 명령을 전하라던 청년.

일어나는 것만으로 집 전체를 흔들어 버리는 장제나, 그런 장제에게 따지는 것은 물론 한마디도 지지 않는 청년.

감히 나설 엄두를 내지 못할 수밖에 없었다.

'그래도 진짜 싸우게 되면 장제가 이기겠지…….'

객관적으로 봐도 헌원경의 일방적인 승리가 분명했다. 하나 막상 그렇게 결정을 내리기엔 용악의 표정이 마음에 걸렸다.

"역시 변할 생각이 없는 거요?"

'거, 거요?'

모재익은 용악의 거친 말투에 화들짝 놀라 자신도 모르게 자리에서 일어났다. 곧 일어날 방 안의 재앙을 염두에 두고 피하려는 것이다.

그러나 모재익의 예상과 달리 헌원경은 곧바로 손을 쓰지 않았다.

"아까 한 말을 다시 한 번 지껄이면……."

"손자 손녀를 위해, 손자 손녀만 아니면, 등등. 가주와 황보 소저를 위하는 말은 많이 하지만, 정작 노사의 행동을 보면 전혀 아닌 것 같단 말이죠. 지금도 노사가 손을 쓰면 나야 괜찮겠지만, 그토록 사랑한다는 손자 손녀는 누가 보호해 주겠소?"

"내가 한다!"

"훗. 노사가 대단하다는 건 저기 저 사람도 알고 있어요. 이봐, 노사가 누군지 알아?"

용악은 헌원경과 대화를 나누다 갑자기 모재익을 돌아보며 물었다.

"아, 알다마다요. 장제시잖습니까."

모재익은 눈이 화등잔만 해져서 용악이 하대를 했다는 것도 잊고 엉겁결에 존칭으로 답했다. 이미 모재익의 머릿속에는 용악이 헌원경과 동급으로 인식된 까닭이다.

"대단한 건 아니까, 손자 손녀가 안전할 수 있게 해줘요. 그럼 나도 노사와 이런 말싸움 할 필요 없으니까."

용악은 말을 끝내고는 헌원경의 정면에 앉으며 말을 이었다.

"황보 소저, 가주님과 노사한테 할 말이 있어요. 잠시 자리 좀 비켜줄래요?"

"저, 저도요?"

황보소소는 믿지 못하겠다는 눈으로 반문했다.

아니라고, 황보소소는 남아도 괜찮다는 말을 기대하며 자리에 남아 있었다.

"예."

용악은 웃었으나, 황보소소는 마음이 크게 상해 표정을 풀지 않았다.

'뭐지? 왜 이런 느낌이…….'

황보소소는 심장이 빠르게 뛰고 무언가 속에서 빠져나가는 것처럼 허전해지는 느낌이 들었다.

또 한 사람.

구정효는 순순히 방을 나서다 용악을 돌아봤다.

구정효만이 알아볼 수 있는 표정이 용악의 얼굴에 고스란히 드러나 있었다. 곧 떠날 것 같은, 일부러 정을 떼려는 표정을.

방 안에는 용악, 헌원경, 황보성까지 셋만 남았다.

"할 말이 뭐냐? 또 시답잖은 소리를 할 거면 입 다무는 것이 좋다."

헌원경이 참지 못하고 먼저 입을 열었다.

"떠날 때가 됐어요."

용악의 한마디에 헌원경과 황보성은 뒤통수를 거세게 두들겨 맞은 것 같은 표정을 지었다.

"허! 지금 노부를 위협하는 게냐?"

"위협이라니요. 떠날 때가 돼서 떠나겠다는 건데요."

"용 소협, 저도 압니다. 용 소협의 말처럼 할아버지께선 그동안 혼자 지내셨습니다. 고집이 세실 수밖에 없으세요. 그걸 아시는 용 소협이 이해를 하셔야지, 이렇게 극단적인 행동은 용 소협답지 않습니다."

쭉 침묵을 지키던 황보성이 급히 나섰다.

헌원경의 등장은 황보성에겐 커다란 힘이 됐다.

아버지를 잃는 아픔과 무공을 익힐 수 없다는 현실에 좌절하고 있을 때, 그 모든 것을 걱정하지 않아도 될 든든한 버팀목이 나타난 것이다.

그러나 그전에 황보성에게 용기를 준 사람은 용악이었다. 헌원경과의 마찰이 걱정스럽긴 해도 용악이 알아서 잘 해결할 것이라 믿었다.

"가주님, 노사 때문에 떠나겠다는 말이 아니에요. 혼자가 돼야 할 것 같아 떠나려는 겁니다."

"……?"

황보성이 의아한 표정으로 되물으려 할 때 용악이 웃으며 다시 말을 이었다. 이번엔 헌원경을 향해서였다.

"노사, 도망친 자들 둘은 처리했어요. 당분간 태산으론 더 이상 사람들을 보내지 않을 거예요. 사파의 삼대세력? 뭐, 그런 것이 있다면서요? 일곱 명의 호법이 죽었는데 전력을 빼면 나머지 두 곳이 가만히 있을 리 없잖아요."

"그따위 것들 와봐야……."

"둘을 처리하고 돌아오려는데 과거에 풀지 못한 매듭을 쥔

자를 만났어요."

"과거?"

"얼마 안 됐어요. 이제 이 년쯤 됐으려나? 그때 내 몸이 이렇게 망가졌죠."

'그 말이 사실이었다고? 이놈은 도대체……'

헌원경은 며칠 전에 용악이 했던 말을 떠올리며 인상을 썼다. 다친 상태라는 것을 두 번이나 말할 정도라면 사실이 분명했기 때문이다.

"가주님, 지금이 아니라도 떠나야 했어요. 그 시기가 노사 덕분에 빨라진 것뿐이고요."

"……"

황보성은 아무 말도 하지 못했다. 아니, 할 수가 없었다. 용악 덕분에 많은 문제들이 풀렸고 재건까지 가능하게 됐다.

황보성에게 그 짧은 시간 동안 그 누구보다 강한 신뢰를 안겨준 사람이 용악이었다.

황보소소는 용악이 자리를 비켜달라고 했을 때 가슴이 철렁 내려앉는 느낌이었다. 순간 든 생각은, '용악도 단목철의 장원에서 나가달라고 했을 때 이런 기분을 느끼지 않았을까?' 였다.

얼마나 못된 짓이었는지 다시금 후회가 몰려왔다.

앞서 걷는 용악의 등이 무척 멀게 느껴졌다.

"무슨 얘기를 나누셨어요?"

황보소소는 용악에게 총총걸음으로 다가가며 물었다.

용악은 안채를 나온 이후 황보소소에게 할 말이 있다며 지금껏 걷기만 했다.

"별말 안 했어요."

"그런데 왜 저를 내보내셨어요?"

"…저기가 좋겠네요."

용악이 널찍한 공간을 손으로 가리켰다.

햇볕이 용악의 머리 위를 거쳤다가 황보소소의 눈에 들어왔다.

"선물을 준비했는데……."

"선물이요?"

"좀 무섭게 생긴 것들이라 놀라지 않았으면 해요."

'무섭게 생긴 것들? 고양이인가?'

황보소소는 기대 어린 눈으로 용악을 보며 배시시 웃어주었다. 고양이 정도는 그녀도 무서워하지 않는다는 것을 알려주려 지은 미소였다.

"괜찮아요?"

"네."

"그것들을 다루려면 약간의 과정이 필요하니 마음 단단히 먹어요."

"과정까지 필요해요?"

고양이라 단정 지은 황보소소는 너무 신중한 용악이 오히
려 재미있어 보였다.

"나와."

용악이 짧게 말했다.

하나 주위엔 아무런 변화도 일어나지 않았다.

용악의 품에서 무언가 튀어나온 것도 아니고 숲에서도 아
무런 변화가 없었다.

"용 소협……."

"뒤에 있어요."

"뒤… 꺄악!'

황보소소는 뒤를 돌아봤다가 비명을 지르며 용악에게로
달려가 안겼다.

"무섭게 생겼다고 했잖아요."

"뭐, 뭐예요, 저, 저……."

황보소소의 눈에는 단순히 무서운 정도가 아니었다. 거무
튀튀한 피부에 붉으스름한 빛이 금방이라도 황보소소를 잡아
먹을 것처럼 일렁이는 것 같았다.

"강시예요."

"가, 강시요?"

"필요할 때만 불러내면 굳이 보지 않아도 돼요."

"저, 저걸 선물이라고 하신 거예요?'

"꽤 든든해요. 한번 보여줄게요."

용악은 황보소소의 허리를 감싸고 있던 손을 풀었다.

그제야 황보소소는 용악에게 안겼던 것을 떠올리고 볼을 붉게 물들였다. 하나 재빨리 떨어지거나 하진 않았다.

"황보 소저, 잠깐만⋯⋯."

"호, 혼자 있으라고요? 그냥 이렇게 있으면 안 돼요?"

황보소소는 재빨리 용악의 팔을 잡고서 슬쩍 몸을 뒤로 뺐다.

"좀 시끄러워요."

용악은 혈강시 두 구를 향해 손을 뻗었다.

일흡 기벽으로 만든 흙기둥 두 개가 땅에서 솟더니 그대로 혈강시의 몸을 때렸다.

쾅!

용악의 등에 숨어서 고개를 내밀고 있던 황보소소의 눈이 동그래졌다.

혈강시 두 구가 붕 떠올라 한참을 날아갔다 숲 언저리에 틀어박히는 소리가 들렸다.

"세상에⋯⋯."

"제자리로."

놀라는 황보소소의 말을 끊으며 용악이 짧게 말했다.

그러자 더욱 놀라운 광경이 일어났다.

숙.

거짓말처럼 혈강시 두 구가 용악의 앞에 모습을 나타냈다.

"신기해요."

"저도 처음엔 그랬어요."

"처음엔? 그럼 그동안 계속 이것… 들과 함께 지냈던 거예요?"

"하하하. 그럴 리가요. 저는 이런 물건 별로 안 좋아해요. 다루는 방법은 의외로 간단해요. 잠시 졸았다가 일어나면 끝이에요."

"졸아요?"

"예, 잠시. 그럼 저 대신 황보 소저를 지켜줄 든든한 녀석들이 될 거예요."

"예… 예? 용 소협 대신이……."

황보소소는 깜짝 놀라 두 눈을 동그랗게 뜨며 되물으려 했으나 이미 용악이 수혈을 찍은 후였다.

용악은 쓰러지는 황보소소를 받아 들고 평평한 곳에 뉘었다.

"됐으니 시작해."

용악은 한쪽으로 비켜서서 누군가에게 명령했다.

딸랑딸랑—

"굉장한 미인이로군요."

목노와 뚱노는 다가왔다가 황보소소의 미모에 눈을 떼지 못했다.

"저것들 몸에 심어놓은 내 진기를 거두라고?"

"예? 예, 주인님."

"그리고 황보 소저의 몸을 통해 다시 넣어라?"

"혼을 입히는 과정입니다."

"시작하지."

용악은 목노의 말을 이해하고 고개를 끄덕였다.

"이후로 이 물건들을 부리시면 안 됩니다."

"안다."

"시작하겠습니다."

뚱노가 목노의 대답이 끝나자마자 뒤로 물러서서 주위를 향해 무언가를 꽂았다.

딸랑딸랑―!

뚱노의 행동에 이어 곧바로 목노가 거칠게 군마령을 흔들기 시작했다.

"시작하십시오, 주인님."

뚱노가 용악을 향해 허리를 숙였다.

용악은 곧바로 혈강시 두 구에 손을 댔다.

사실 한 번 주입한 진기를 거두는 것은 불가능했다.

하지만 용악에겐 이화유능제란 특이한 무공이 있었다. 생명이 없는 강시들에게도 통할지는 모르지만 황보소소에게 전해주기 위해서는 이 방법밖에 없었다.

혈강시 두 구의 몸으로 들어간 이화유능제는 곧장 진기의 흐름을 차단시켰다. 곧바로 용악은 혈강시 내부에 기벽을 일으켰다.

그러자 혈강시 내에 잠복하고 있던 용악의 기운들이 빠르게 몰려들기 시작했다.

'됐다.'

이제 모인 기운을 하나로 뭉쳐서 고스란히 빼내오면 끝이었다.

스스스―

용악은 혈강시 두 구로부터 손을 떼더니 곧바로 황보소소를 일으켜 명문혈에 장심을 갖다 댔다. 진기로 손을 들게 만들어 혈강시 두 구의 가슴에 대도록 했다.

이제 혈강시로부터 흡수한 기운을 고스란히 집어넣는 일이 남았다. 무척 중요한 과정으로, 황보소소의 몸은 그저 하나의 통로로만 존재해야 했다. 황보소소를 잠들게 만든 이유가 그 때문이다.

목노는 군마령을 흔드는 일에, 뚱노는 진의 상태를 수시로 점검하는 일에 모든 신경을 다 쏟았다.

두 사람의 역할이 실제로는 가장 중요했다.

뚱노가 만든 진은 일종의 막으로서 외부와는 완전히 단절되어 소리조차 새어나가지 않았고, 목노는 군마령으로 혈강시가 깨어나지 못하게 만드는 중이었다.

이각 정도 지났을 때에야 용악은 조심스럽게 황보소소의 몸을 바닥에 뉘었다.

"성공하셨군요, 주인님."

"성공했다. 이제 황보 소저를 깨워서 시험해 보는 것만 남았다. 혹시 모르니 이 물건들을 조종할 준비는 하고 있도록."

"명을 받습니다."

목노와 뚱노는 진을 거두고 곧바로 모습을 감췄다.

용악은 황보소소를 곧바로 깨우려다 잠시 앉아 생각에 잠겼다.

"십 년 전의 그 소녀가 아니었으면… 이 은자 한 닢이 아니었으면… 나는 이 자리에 없었을 거예요. 이제 주인에게 돌려줄게요."

용악은 황보소소의 목에 목걸이를 조심스럽게 걸어주고는 자리에서 일어났다.

용악이 사라진 뒤, 황보소소는 잠에서 깨어났다.

"용 소협… 용 소협!"

용악을 불러보았으나 대답이 없었다.

벌떡 일어나 용악을 찾으려 했다.

"꺅!"

황보소소는 일어날 때보다 더 빠르게 자리에 주저앉았다. 혈강시 두 구의 모습은 그녀를 자지러지게 만들기에 충분했다.

황보소소는 주저앉은 채 한동안 가만히 있었다. 산에서 곰을 만나면 꼼짝하지 말라는 소릴 들은 기억 때문이다.

거의 일각이 다 됐을 때였다.

혈강시와 눈싸움 아닌 눈싸움을 벌이던 황보소소는 그제야 어느 정도 주위 경물이 눈에 들어왔다.

'용 소협처럼 하면 되는 건가?'

용기를 냈다.

"저, 저리 가."

목소리가 약했던가? 혈강시 두 구는 꼼짝도 하지 않았다. 황보소소는 자리에서 일어나 혈강시를 슬쩍 만져보았다.

혈강시의 피부는 바위처럼 단단하고 차가웠다.

"저, 저리 가!"

황보소소는 화들짝 놀라 손을 떼며 진저리쳐지는 목소리로 손을 휘저었다.

그러자 놀라운 일이 일어났다.

그녀의 말을 알아듣기라도 한 것처럼 혈강기 두 구가 눈앞에서 사라진 것이다.

"……."

신기한 상황에 황보소소는 혈강시 두 구를 찾아 주변을 둘러봤으나 혈강시 두 구는 감쪽같이 사라지고 없었다.

"다, 다시… 이리로 와……."

목소리를 차분하게 가라앉히고 소심하게 명령했다.

역시나 혈강시는 나타나지 않았다.

황보소소의 얼굴이 딱딱하게 굳었다.

'징그럽긴 해도 용 소협이 준 선물인데 잃어버리면 안 돼!'

마음이 조급해진 황보소소는 숨을 크게 들이마시고 힘차게 소리를 질렀다.

"나타나!"

이번에도 혈강시는 나타나지 않았다.

황보소소는 망연자실해져서 제자리에 주저앉았다.

툭.

"……!"

딱딱한 무언가에 등이 닿는 느낌이었다.

황보소소의 고개가 '확' 소리를 내며 돌아갔다.

"어머!"

혈강시 두 구가 황보소소의 뒤에 나타난 것이다.

놀란 것은 둘째 치고 신기했다.

그때, 공터에 바람이 불며 무언가 차가운 것이 가슴에 닿는 것이 느껴졌다.

"차가워… 뭐지? 목걸이?"

황보소소는 지금껏 목걸이를 걸어본 적이 없었다.

용악과 관련이 있다 여기고 재빨리 줄을 들어 올렸다.

"은자?"

황보소소는 의아한 눈으로 줄 끝에 매달린 은자 한 닢을 바라봤다. 얼마나 오래됐는지 표면이 밋밋했다. 하나 황보소소는 그 표면에서 많은 얘기를 들을 수 있었다.

"알아보겠어요? 이건……."

용악이 옆에서 담담한 목소리로 얘기를 들려주는 것 같았다. 환청이란 것을 알면서도 황보소소는 그 목소리에 귀를 기울였다.

태산에서 처음 봤을 때부터 떠나기 전까지 용악의 모습들이 빠르게 머릿속을 지나갔다.

공터에는 쌀쌀한 바람과 황보소소만이 남아 있었다.

"나도……."

황보소소의 작은 입술이 열렸다.

"다시 태어날 거야."

황보소소는 혈강시 두 구를 의미심장하게 바라봤다.

더 이상 그녀에게 혈강시 두 구는 징그러운 물건들이 아니었다. 용악이 준 선물이었고 용악과 이어진 끈이었다.

"용 소협을 다시 보게 될 때는 달라져 있을 거야. 아니, 내가 찾아갈 거야. 꼭……."

황보소소는 은자 한 닢의 목걸이를 꼭 쥐고서 한동안 자리에 우두커니 앉아 있었다.

第七章
정검련

천산마제

정군산(正君山)은 강서성과 호북성의 경계에 위치해 있는 평범한 산이었다. 가까이는 동정호를 내려다볼 수 있고 맑은 날에는 더 먼 원강(元江)의 줄기도 보였다.

사람들의 발길이 잦아짐에 따라 수적들이 출몰하고 돈을 위해 각지에서 몰려들었다.

그때, 장강의 유명한 수적이었던 적발광도와 그의 배를 일검에 가른 고수가 정군산으로 들어갔다.

수적들은 그 소식에 자취를 감추었고, 정군산으로 무인들이 몰려들기 시작했다.

그렇게 모여서 만들어진 것이 바로 정검련이었다.

무인들의 숫자가 늘면서 정군산 전체가 검을 수련하는 무인들로 가득 차자 자연스럽게 하나의 연합체가 형성되게 된 것이다.

한 가지 목표를 가지고 사람들이 모였으니 체계가 잡힐 수밖에 없었다.

산 아래에는 배우는 자들이라 해서 학(學), 조금 위쪽에는 선을 보인다 해서 선(先), 그 위로는 가르치기에 충분하다 해서 교(敎), 그리고 최종적으로 검왕의 곁으로 갈 수 있다 해서 호(護).

학검, 선검, 교검, 호검.

정검련의 네 가지 신분을 만든 사람은 모두 네 명으로, 정군산의 동서남북 방위에 자리를 잡은 호검들이었다.

호검들의 거처보다는 높고 산 정상보다는 아래인 곳에 루(樓)가 하나 있었다.

정검대신루(正劍大神樓).

검왕과 호검들을 연결해 주는 유일한 장소였다.

이곳에 하나같이 백발을 늘어뜨리고 전신에 선기(仙氣)를 뿜어내는 네 명의 노인이 모였다.

"그간 격조했습니다."

눈썹에 약간의 검은빛이 남아 있는 호목(虎目)의 노인이 먼저 입을 열었다.

"북호검의 눈썹이 전보다 검어진 것을 보니 성취가 있었던 모양이오? 축하드립니다, 북호검."

백의에 전신이 온통 하얗기만 한 노인이 부드러운 눈으로 호목의 노인을 반겼다.

네 노인의 눈썹은 각기 색이 달랐다.

호목의 노인은 현무의 흑색, 백의노인은 백호의 백색, 다른 두 노인은 청룡과 주작의 색인 청색과 적색의 눈썹을 지니고 있었다.

네 노인이 담소를 이어갈 때였다.

"향이 좋군."

정갈하면서도 고고한 기품이 느껴지는 목소리가 정검대신루 입구에서 들려왔다.

네 호검은 동시에 감회 어린 눈이 되어 자리에서 일어났다. 한쪽 무릎을 꿇었고 안으로 들어오는 사람을 향해 고개를 숙였다.

평범한 마의를 걸쳤으나 그것만으로는 그의 전신에서 흘러나오는 기품을 감출 수 없었다. 그가 바로 정군산의 정상에 서 있는 사람이었다.

초절정고수 중 한 사람이며 검을 익힌 자들에겐 신처럼 불리는 사람이었다.

"호검들이 검왕을 뵙습니다."

네 호검이 동시에 입을 열었다.

"허허허. 다들 여전하군. 이젠 좀 편히 지내도 될 것을."

검왕은 빈자리에 앉으며 차에서 우러나온 향을 음미하듯 숨을 들이마셨다.

"이 향이 어떤 맛인지 궁금해서 서둘러 왔다네. 나도 한 잔 주겠나?"

검왕이 잔을 보며 청하자, 서호검인 백의노인이 급히 잔을 올렸다.

검왕은 잔을 들어 향을 음미하고는 한 모금 마셨다.

"백화?"

검왕이 잔을 내리며 물었다.

'더 오르신 건가?'

서호검은 검왕의 눈을 보는 순간 전율하듯이 몸을 떨었다.

불과 이 년 전만 해도 검왕의 눈에는 상념이 있었다. 천하에 대한 것도 있었고, 정검련에 대한 것도 있으며, 개인적인 애증의 굴레도 있었다. 아니, 그렇게 느꼈다.

그러나 지금은 그런 것들을 전혀 볼 수가 없었다.

텅 비었으나 꽉 찼다. 모순이란 것을 알면서도 서호검은 그 외에 다른 표현을 떠올릴 수 없었다.

또 한 가지. 조금 전 검왕은 어떤 차인지 물었다.

검왕과 네 호검의 관계는 특별했다.

정검련이란 이름과 체계를 만든 사람은 검왕이 아니라 네 호검이었다. 그것을 검왕은 묵시적으로 인정만 할 뿐 관여를 하지 않았다.

검에 대해서 물을 때만 논검을 허락했던 검왕이 먼저 말을 건넨 것이다.

이전에는 상상도 할 수 없는 일이었다.

서호검이 다른 호검들을 돌아보자, 그들 역시 서호검과 같은 생각을 하고 있었다.

"허허허. 백화 잎으로 말린 차냐고 물었네."

호검들이 대답이 없자 검왕이 다시 한 번 물었다.

"마, 맞습니다. 제작년 가을에 딴 백화 잎을 말려놓았다가 이제야……."

"그렇군."

검왕은 혀라도 델까 봐 조심스럽게 찻잔에 입술을 댔다가 금방 떼어냈다. 그 모습에 네 호검은 자신들도 모르게 미소를 짓고 말았다.

검왕과 함께 자리를 하고 있다는 것만으로도 벅찬 네 사람이었다. 검왕의 인간적인 면모에 저절로 감화될 수밖에 없었다.

"묻겠네. 선(線)에서 면(面)으로, 직(直)에서 곡(曲)으로 바꾸는 것이 이젠 자유로워졌나?"

검왕의 질문에 네 호검은 또다시 할 말을 잃었다.

차의 종류에 대해 묻다가 느닷없이 화제가 검으로 바뀌었기 때문이다.

선과 면은 사(絲)와 강(罡)에 대한 것이며, 직과 곡은 강(剛)

과 유(柔)에 대한 것으로, 네 사람의 경지가 어디에 도달했는지 묻고 있었다.

"선에서 면은 자유로워졌으나 직과 곡은 어디에 마음을 두느냐에 따라 다릅니다."

서호검이 잔뜩 긴장해서 대답했다.

다른 호검들 역시 비슷한 경지라 고개만 끄덕였다.

"천산을 갔었네."

"……!"

호검들의 눈에 이채가 감돌았다.

검왕의 입에서 처음으로 이 년 전의 얘기가 흘러나오고 있었다.

"선조의 유지를 내 대에서 지키게 되어 무척 홀가분했지. 그날, 산을 내려가던 내 얼굴을 봤으니 알 게야. 한데… 천산은 참으로 묘한 곳이더군. 정군산과 무척 닮았다고나 할까? 허허허. 천산이 더 오래됐으니 정군산이 천산을 닮았다고 해야겠지. 그곳을 오르며 마치 정군산이란 착각까지 들 정도로 비슷하더군. 중턱까지 올라가는 동안 나를 돌아본 사람이 예닐곱은 되더군. 흥미로웠지."

검왕이 잠시 말을 멈추고 찻잔을 다시 입에 댔다.

네 호검은 검왕의 말에 놀라 눈을 깜빡이는 것도 잊었다.

"정상에 거의 도달했을 즈음에는 뒤로 열셋, 앞에 한 명이 기다리고 있었네."

"어찌 일부러 기척을 내신 겁니까?"

서호검으로서는 부정하고 싶어 건넨 반문이었다.

검왕이 일부러 기척을 내기 전에는 그런 일이 있을 수 없다는 부정이 담겨 있었다.

"허허허. 그럴 여유가 없었네. 서둘러야 했거든."

"……!"

"다들 놀란 모양이군. 나도 그랬으니 호검들이 놀랄 만도 하지. 하나 더 놀랄 일은 앞에 기다리고 있었네. 나를 기다리고 있던 자가 돌아섰을 때, 나는 전신에서 맥이 풀리는 것을 느꼈네."

"어째서 그랬습니까?"

"그가 약관을 갓 넘긴 청년이지 뭔가?"

"……!"

네 호검의 입이 벌어지고 말았다.

"뒤따라온 자들이 그러더군, 그가 천산마제라고."

"천산마제……."

네 호검은 처음 듣는 이름이란 표정들이었다.

"시작할까?"

천산마제가 검왕을 보고 대뜸 던진 첫 마디였다.

검왕이 한눈에 천산마제가 보통 고수가 아니란 것을 알았다면 천산마제 역시 그랬을 텐데, 그는 일말의 고민도 없이 움직였다.

'그때 들렸던 소리는 아직도 의문이다.'

검왕은 당시의 상황을 지금도 이해할 수 없었다.

천산마제가 땅을 밟을 때 그 소리가 검왕의 귀로 천둥처럼 들렸다.

쿵! 쿵! 쿵!

심장 박동수와 비슷한 속도로 들리던 그 소리.

첫 격돌은 그렇게 시작됐다.

검왕의 검이 천산마제를 향해 곡선을 그렸고 천산마제는 검을 잡기라도 할 것처럼 뻗어졌다.

둘 사이의 거리.

둘이 내뿜는 투기.

만나게 되는 시간.

세 가지 조건이 정확히 맞아떨어졌음에도 검왕은 태어나서 처음으로 질 수도 있겠다는 생각을 했다. 초절정고수인 그에게.

전신의 모든 감각이 깨어나 머릿속을 자극했고 쾌감이 전신을 빠르게 휘감았다.

한껏 응축된 검왕의 검강이 사방으로 퍼지기 시작했다. 하나 그중 몇 가닥은 채 허공으로 떠오르기도 전에 사라졌다.

천산마제의 호신강기, 나중에는 그것이 호신강기가 아니

라 벽이란 것을 알았다.

하늘로 올라간 검강이 유성화되어 떨어질 때, 천산마제는 오히려 그 유성들을 향해 가슴을 내밀며 기를 발산했다.

일흡 만벽.

천강검의 정화를 펼쳤음에도 당당히 맨손으로 막아낸 천산마제의 무공이었다.

"이번엔 내가 맞아주지."

*　　　　*　　　　*

땅! 땅! 따당!

마을의 규모는 꽤 컸다. 그만큼 사람들이 많이 오갔고 말들도 자주 내달리고 있었다. 그런 와중에도 망치질 소리는 또렷하게 마을을 울렸다.

사람들은 익숙한지 별 신경을 쓰지 않았으나 이 마을이 초행인 용악에겐 무척 특이한 일이 아닐 수 없었다.

"검을 구하려 한다. 어디로 가야 하나?"

용악은 동전 한 닢을 건네며 졸고 있는 사내에게 물었다.

"예? 아, 예! 저쪽으로 쭉 가시면 개울가가 나옵니다. 거기서 우측으로 한참을 올라가면 대장간이 하나 있습니다요."

사내는 공돈이 생기자 잠이 확 달아난 표정으로 손짓 발짓에 침까지 튀겨가며 대답해 주었다.

"꽤나 먼 거리군. 그곳이 저 소리가 나는 곳인가?"

"소리요?"

"저 소리가 안 들리나?"

사내는 용악의 말을 이해할 수 없다는 표정을 짓다가 귀를 기울였다.

"아! 맞습니다. 저 소립니다."

"······?"

용악은 잠시 멍해졌다.

굳이 저렇게까지 집중할 것도 없었다.

지금도 규칙적인 망치질 소리가 들려오고 있었기 때문이다.

사내가 알려준 곳은 마을 끝까지 가서 계류가 흐르는 다리를 지나 오른쪽으로 한참을 올라가야 발견할 수 있었다.

'뭐지? 마을 입구에서 들려올 때의 망치 소리와 지금 들리는 망치 소리가 똑같다고?'

거리가 가까워질수록 더 크게 들려야 하는 것이 당연하지만 이상하게도 망치 소리의 크기는 변함이 없었다.

그러나 더욱 놀랄 일이 남아 있었다.

망치질을 하고 있는 자의 뒤태였다.

여인, 그것도 군살 하나 없는 복부를 그대로 드러낸 민소매 차림의 상의와 무릎 아래까지 올린 바지를 입은 여인이었다.

용악은 여인의 뒷모습을 보며 자리에 멍하니 섰다.

열정적인 망치질에 순간적으로 반하고 만 까닭이다.

상의와 하의가 땀으로 젖어 옷이 달라붙은 것도 모르는 것 같았다.

그런 그녀를 보고 있는 사람은 용악 혼자가 아니었다. 용악보다 먼저 와 있던 자가 있었다. 어깨에 긴 장검을 멘 자였는데 사십대 중후반은 되어 보이는 얼굴이었다.

"얼마나 더 기다려야 하는가?"

중년인은 묵직한 음성으로 여인의 망치질을 멈추려 했다. 하나 여인은 들은 척도 하지 않고 계속해서 망치질을 했다.

땅! 땅!

"검을 사러 왔다고 하지 않았느냐!"

그제야 여인은 망치질을 멈추고 돌아봤다.

이십대 초반에 까무잡잡한 피부와 유난히 동공이 커서 흑진주를 연상케 하는 여인이었다.

중년인은 여인의 아름다운 얼굴을 보자 품에서 주머니 하나를 꺼내 던졌다.

바닥으로 떨어진 주머니는 묵직한 소리와 함께 땅에 박혔다.

"검과 너를 함께 사겠다."

중년인은 여인이 넘어올 것이라 자신하는 눈빛이었다. 하나 여인은 중년인을 보며 눈빛 하나 변하지 않았다.

"어떤 검이 필요하지?"

"네가 만든 검이면 무엇이든."

"풋. 그래? 그럼 저기서 아무거나 가져가."

여인이 턱짓으로 입구를 가리켰다.

그곳에는 수십 자루의 검이 있었다.

"검 하나로 지금까지 살아온 나, 마여비를 너무 우습게 여기는구나. 기회를 더 한 번 더……."

"귀 먹었어?"

여인은 망치를 기둥에 대고 손잡이 끝에 머리를 대며 말했다.

"나는 특별한 것을 원한다."

"특별?"

"너를 원한다."

"그놈이군."

여인이 머리를 긁적이며 한숨을 내쉬었다.

얼마 전 눈앞의 마여비와 같은 목적으로 찾아온 자가 있었다. 그자와 실랑이를 벌이기 싫어 싸우게 됐는데 그때의 얘길 듣고 찾아온 것이다.

"내가 지면 네 마음대로 하고, 네가 지면 너는 내 것이 돼라."

마여비가 다시 한 번 쐐기를 박았다.

여인은 더 말하는 것도 귀찮다는 표정이 되어 손을 까딱거렸다.

"그것도 지금이 마지막이다."

마여비는 회심의 미소와 함께 허리를 숙이면서 등 뒤의 검을 발로 차서 날렸고 곧바로 손을 뻗어갔다.

한순간에 이루어진 신속한 동작이었으나, 여인은 여전히 서서 움직이지 않았다.

번쩍!

여인과 중년인 사이에 적광이 일어났다 사라졌다.

마여비는 그때까지 발로 찬 검을 잡지 못했다.

마여비의 몸에 붉은 사선이 그어졌으나 쓰러지고 나서도 피는 흐르지 않았다.

"그러게 무모한 짓을 왜 하냐고. 너도 이자와 같은 용무인가?"

여인의 시선이 다가오던 용악에게 닿았다.

"지나치게 빠르군."

"그럼 좋은 것 아니야?"

"빠르기만 해. 상대적으로 다른 부분이 둔해지지."

"잔인이니 뭐니 하지 않는 건 좋은데, 너무 아는 척하는 거 아니야?"

"잔인? 그런 건 보여주려고 하는 짓이고."

"호… 오?"

여인이 흥미롭다는 듯 흑진주 같은 눈으로 용악을 쳐다봤다. 마여비를 일검에 죽인 것은 잔인함이나 그런 것 따위와 무관했다.

"흐음, 어디 그 입과 손이 같은지 볼까?"

"관심없으니 검이나 다오."

'뭐야, 말로 불 다 지펴놓고 알아서 꺼라?'

용악의 무심한 대답에 여인은 눈썹을 치켜뜨며 약오른 표정을 지었다.

"혹시 이렇게 길쭉해서 손대면 피도 나는 그런 물건을 찾는 거야?"

여인이 생글생글 웃으며 되물었다.

"맞는 것 같군."

용악이 순순히 고개를 끄덕였다.

그러자 여인은 흥미를 잃고서 가볍게 콧방귀를 뀌었다. 그리고는 마여비에게 했듯이 턱짓으로 입구에 있는 검을 가리켰다. 아무거나 가져가라는 태도였다. 한마디 하는 것도 잊지 않았다.

"안 살 거면 꺼지고."

땅! 따당! 땅!

여인은 다시 망치질을 시작했다.

"얼마지?"

용악이 입구에 늘어놓은 검 중 하나를 들며 값을 물었다. 여인은 정말로 집어들 줄 몰랐는지 어이없는 표정으로 용악을 쳐다봤다.

"살려고?"

"······."

"원래는 닷 푼인데, 특별히 네겐 은자 열 냥을 받지."

여인은 어떠냐는 듯 대놓고 하얗고 고른 치아를 드러내며 웃었다.

"부용(芙蓉), 장난은 그만 해라."

용악의 시선이 대장간 옆 숲으로 돌아갔다.

"닷 푼이오."

이십대 중반으로 보이는, 단정한 정도가 지나쳐 차갑게까지 보이는 인상의 청년이 용악에겐 시선도 주지 않고 말했다.

차갑고 냉정한 사내의 목소리 때문인지 열기가 가득했던 대장간이 한순간에 식어버린 것 같았다.

"염병! 죽영, 왜 나왔어?"

"우리에겐 쓸데없는 짓에 소비할 시간이 없다, 부용."

"하루 종일 고생하는 사람이 누군데 네 마음대로 그따위 소리를 하는 거야?"

부용이라 불린 여인이 버럭 소리를 지르자 대장간 전체가 갑자기 내려앉을 것처럼 들썩였다.

"놓고 간다."

용악은 두 사람이 다툴 것처럼 굴자 닷 푼을 바구니에 넣으며 대장간을 떠나려 했다.

"이봐, 은자 열 냥이라고 했잖아."

부용이 바구니로 떨어지는 동전을 향해 손을 흔들었다. 그러자 바구니로 떨어지던 동전들이 허공으로 떠오르며 용악에게로 날아갔다.

용악은 날아오는 동전들을 흘끔 바라보다 손을 저어 하나씩 모두 받아냈다.

"역시 한 수가 있었구나."

부용은 용악이 막아낸 것을 기뻐하며 깍지 낀 손을 이리저리 흔들며 몸을 풀었다.

우드득— 툭— 툭.

부용의 몸짓이 반복되면서 서서히 그녀의 피부색은 물론 머리칼과 눈썹까지 붉은색으로 변해갔다.

"돈 받기 싫은가?"

용악은 부용의 변화를 보면서도 전혀 놀라지 않았다.

"그 입만큼이나 실력이 좋다면 한 자루가 아니라 여기 있는 걸 몽땅 주지."

"난 이걸로 충분하니까 다른 사람에게나 줘."

용악의 얄미운 대답에 부용의 눈에서 적광이 흘러나왔다.

"부용, 그만 하라고 했다!"

죽영이라 불린 사내가 부용의 말을 자르며 대장간 안으로 들어섰다. 순간적으로 거리를 좁힌 죽영의 신법은 용악도 놀라게 할 정도로 빨랐다.

그러나 부용은 오히려 콧방귀를 뀌며 죽영에게 손을 흔들었다.

죽영은 부용이 갑자기 공격할 줄 몰랐는지 급히 손을 풀며 장력을 쳐냈다.

쾅!

"한 번 더 방해하면 너라도 가만두지 않을 거야."

부용은 아직도 가라앉지 않은 먼지를 태우며 그 사이로 죽영을 노려봤다.

"자하신공이 팔성에 올랐군. 그렇다면 나도 봐줄 이유가 없지."

죽영은 감탄과 함께 동공을 투명하게 만들었다.

자하신공의 열기를 능히 막아낼 수 있는 광한신공(廣寒神功)을 운용하기 시작한 것이다.

부용이 열기를 뿜어내면 뿜어낼수록 죽영의 광한신공은 더욱 넓어져 갔다.

일촉즉발의 순간, 부용이 갑자기 기를 거두며 고개를 가로저었다.

"에휴, 그만 하자."

부용은 불만스런 한숨을 내쉬며 죽영의 뒤쪽에서 흥미롭게 바라보는 용악을 쳐다봤다.

"뭐 하는 자냐? 나는 화부용이다. 언제고 죽고 싶을 때는 정군산으로 주저없이 찾아와."

"정군산?"

용악이 처음으로 관심을 드러냈다.

정군산이 정검련이란 것을 오는 길에 들은 까닭이다.

"…설마 몰라?"

부용이 대답없는 용악을 독촉하듯 재차 물었다.

용악은 고개를 갸웃거리며 모른 척했다. 실제로 이름은 들어봤으나 위치는 모르니 거짓말은 아닌 셈이었다.

"강호는 초행이오?"

이번엔 죽영이 나섰다.

"그렇진 않고 좀 됐다."

용악은 부용을 실망시키지 않았다.

부용이 기다렸다는 듯이 허리에 손을 올리며 소리를 질러댔다.

"도대체 뭘 처먹고 다녀서 꼬박꼬박 반 토막 말을 내뱉는 거냐!"

몸이 근질거리던 부용은 잘 걸렸다 싶은 표정이었다. 하나 용악이 반응을 보여야 감정을 발산할 수 있는 것이다.

용악은 화를 내기보다 오히려 신기한 표정으로 부용을 향해 '픽' 하고 웃었다.

"왜 웃어?"

"그냥 웃겨서. 별 뜻은 없었다."

"없긴, 개뿔! 모를 줄 알아? 내가 그런 말 할 처지냐고 묻고 싶은 표정이잖아!"

"……."

용악은 놀란 표정으로 부용을 쳐다봤다. 이번엔 조금 전처럼 놀리는 표정이 아니었다.

"뭐, 뭐야, 정말 그런 생각을 한 거야?"

부용은 당황해서 반문했다.

당연히 아니라고 했어야 하기 때문이다.

그러나 용악은 침묵으로 또다시 부용의 말을 긍정하며 고개를 가로저었다.

"으으으!"

용악의 모습에 부용은 김이라도 내뿜을 것처럼 또다시 머리카락을 붉게 물들였다.

"검을 가졌으니 셈은 해야지."

용악은 곧 터질 것 같은 부용을 향해 손을 흔들었다.

쾌액!

부용은 갑작스럽게 날아오는 것을 암기라 여겼는지 급히 자하신공을 끌어올리며 망치를 휘둘렀다.

"내게 암습 따윈 통하지 않는다!"

날아오는 암기를 향해 망치에서 빠져나온 적광이 허공을 수놓았다. 하나 암기는 부용의 검기에 닿기도 전에 멈추며 바닥으로 떨어져 내렸다.

"도, 동전!"

죽영은 부용보다 먼저 동전임을 알고서 급히 광한신공을

펼쳐 부용의 공격을 막아주려 했다.

콰쾅!

'늦었다.'

죽영이 안타까운 눈으로 용악을 쳐다봤다.

"검은 괜찮게 만드는군."

용악이 멀쩡하게 서서 검을 이리저리 살피고 있었다.

"……!"

죽영은 놀란 눈으로 용악을 쳐다봤다.

대장간에 나타났을 때부터 평범한 자는 아니라 느꼈지만 동전을 부용의 바로 앞에 떨어지게 만들면서 자하검까지 막아낼 정도의 고수일 줄은 몰랐던 까닭이다.

"난 또 은자 열 냥이 아니라서 화가 나 공격한 줄 알았지. 어때, 내가 한 말이 맞지 않아? 빠른 것만 빼면 그다지……."

"다시!"

부용은 동전을 확인하고 힘을 뺐다. 더구나 한 점에 집중한 것이 아니라 물러서게 만들려고 일부러 범위를 넓혔다.

"그 정도로 으스대면 곤란하다구!"

척.

막 부용이 손을 쓰려 할 때 죽영이 막아섰다.

치이익.

광한신공을 끌어올리고 있는 죽영이 가로막자 부용의 열기와 부딪치며 수증기가 피어났다.

자하신공을 운용하고 있는 부용을 진정시키기 위해서는 주위를 차갑게 만드는 방법밖엔 없었다.

효과가 있었는지 부용은 씩씩대기는 했지만 용악에게 달려들지는 않았다.

"부용의 자하검을 자른 수법에 대해 물어도 되겠소?"

"뭐? 저따위 검으로 어떻게 자하검을 잘라! 내가 힘을 빼서 그렇다니까!"

부용은 기가 차서 용악이 들고 있는 검을 자신이 만들었다는 사실조차 잊고 마구 말을 쏟아냈다.

"검에 대해선 잘 모르지만 검을 든 이 손에 대해선 어느 정도 알고 있지. 손에 닿는 순간 그 검이 어떤 형태로 흐를지 안다고나 할까?"

용악은 조금 전의 상황을 재현이라도 하듯이 허공에 선을 그렸다. 하나는 휘어지게, 하나는 직선으로.

그 모습에 죽영은 안색을 더욱 딱딱하게 굳혔다.

"우리와 함께 가지 않겠소?"

"어딜?"

"우린 정군산에 적을 두고 있소. 지금보다 더 높은 곳에 오르고 싶다면 함께 갑시다. 그분들이라면 도움을 주실 것이오."

"그분들? 대단한 고수들인 모양이군."

"평생 검과 함께하신 분들이오."

"평생이라… 그것도 나쁘진 않겠다."

용악은 의외로 순순히 승낙했다.

만나고자 하는 사람에게 직접 안내를 해주겠다는데 거절할 이유는 없었다.

"누구 마음대로!"

부용이 아직도 화가 가라앉지 않는지 용악을 향해 망치를 들어 올리며 고개를 가로저었다.

"부용!"

"제대로! 제대로 겨뤄서 저자가 이기면 네 말로 하겠다, 죽영."

"잊었어? 우린 싸우기 위해 이곳에 나와 있는 것이 아니야."

"알아. 하지만 너도 그건 알아야지. 너와 내가 모두 인정을 해야 데려갈 수 있다는 것을."

부용의 말은 사실이었다.

그 심정을 죽영이 모를 리 없었다. 말릴 수 없다면 차라리 중재를 하는 쪽이 나았다. 한숨을 내쉬며 옆으로 한 걸음 물러섰다.

"일 초로 한정 짓겠다."

"일단……."

"아니면 나도 호검께 보고드릴 수밖에."

"뭐? 야, 죽영!"

"중요한 때다, 부용. 호검께서 말씀하시길, 곧 검왕께서 찾으실 거라 하셨다. 이런 때에 네 욕심만 채우도록 내버려 둘 수는 없다."

죽영은 완고하게 고개를 가로저었다.

부용의 고집이 남다르지만 저런 표정의 죽영을 한 번도 꺾어본 적은 없었다.

"일 초면 충분하지."

두 사람의 갈등을 해소시켜 준 사람은 용악이었다.

이미 한 번 받아본 부용의 자하검을 일 초에 깨뜨리지 못할 이유는 없었다.

'이화유능제로 흐름을 끊고 검에 일흡 기벽을 세우면 충분하다.'

태산에서 황보소소에게 혈강시를 전할 때 알게 된 이화유능제의 또 다른 효용이었다. 순간을 포착할 수만 있다면 어떠한 진기 흐름도 끊을 수 있었다.

조금 전 작은 힘으로 부용의 자하검을 자를 수 있었던 것도 그 원리였다. 가능성의 여부를 떠나 첫 시도가 성공이었다면 두 번째는 어렵지 않았다.

용악은 부용을 향해 어설픈 검세를 취했다.

지금까지 한 번도 수련해 보지 않은 검을 쥐어야 하니 어색할 수밖에 없었다.

"깔깔깔!"

부용은 용악의 자세를 보자 절로 웃음이 터지고 말았다. 검의 기본도 모르는 엉성한 자세였다.

　"부용, 결코 가볍게 볼 상대가 아니다. 진중하라!"

　죽영이 교검답게 부용의 붕 뜬 마음을 가라앉혀 주었다.

　번쩍!

　부용의 자하검은 빨랐다.

　붉은 빛이 부용의 손을 떠났다 싶은 순간 용악의 몸을 사선으로 긋고 있었다.

　마여비란 자를 상대할 때와는 비교도 할 수 없는 빠름이었다. 하나 상대는 마여비가 아니라 용악이었다.

　용악은 들고 있던 검을 다가오는 자하검에 댔다.

　'처음에 이 속도였다면 이화유능제를 사용하지 못했을지도……'

　그만큼 부용의 자하검은 엄청난 속도였다.

　두 검이 부딪치는 순간, 검에 담겨진 이화유능제가 진가 발휘했다. 부용의 자하검은 일종의 기검(氣劍)이었다. 기검은 기로 운용되는 형체인 것이다.

　기가 끊기자 용악의 검에 닿은 부위가 급격히 빛을 잃었고, 그사이 용악이 자하검을 밀어냈다.

　쾅!

　"……!"

　부용은 자신의 눈을 믿을 수 없다는 표정을 지었다.

조금 전과 마찬가지로 자하검이 또다시 밀려났다.

"부용, 이미 교검에 오른 사람이다. 그만하면 시험은 됐다."

"다시!"

"스스로 한 약조를 어길 셈이냐!"

"…치이!"

부용은 아랫입술을 잘근 깨물었다.

용악은 정검련에 대한 얘기를 들으며 동행했다. 물론 대부분의 얘기는 죽영이 하고 부용은 씩씩거리며 틈만 나면 용악을 노려보는 것이 전부였다.

죽영은 정검련의 체계에 대해 들려주며 두 사람이 교검의 단계에 이르러 있으니 용악이 정군산으로 가게 되면 교검의 단계부터 시작할 거라 했다.

'저들 정도의 고수가 계속 배출된다? 대단한 곳을 만드셨군.'

용악은 죽영의 말속에서 두 가지 감정을 느꼈다.

검왕에 대한 경외심과 검왕으로부터 보호받는 선택받은 존재라는 착각. 그것은 분명 착각이었다.

무공은 누가 얻게 해주는 것이 아니었다.

입김조차 나오는 순간 얼어버리는 추위를 견디며, 밤새 야광 눈을 빛내며 먹이를 찾는 이리떼들과 목숨 내건 싸움으로,

언제 칼날을 들이댈지 모르는 적들에게서, 그렇게 하나씩 얻는 무공이야말로 비로소 자신의 것이 되는 것이기 때문이다.

물론 이제는 완전히 체화되어 그런 것까지 생각할 필요는 없게 됐다.

"정군산에 가는 것이 그렇게 좋으냐?"

부용이 옛일을 생각하며 웃는 용악에게 시비를 걸어왔다. 용악의 나이를 안 이후에도 부용은 말을 높이지 않았다.

"안 좋을 건 뭐지?"

용악은 자연스럽게 대하는 부용의 모습이 나쁘지 않았다. 그런 것에 얽매인 적이 없는 용악이기에 부용의 말투에 대해 뭐라 하지 않았다.

"산으로 들어가는 순간부터 정신 바짝 차려야 할 거야. 정검련의 무인들이 너를 목표로 할 테니까."

"후후후. 그것도 좋겠지."

"좋아?"

"무료하진 않겠네."

"…밉상."

"그런 소리 많이 듣는다."

"밉상! 확 떼놓고 갈까 부다!"

부용이 용악의 뻔뻔한 태도에 질렸다는 듯이 양손을 움켜쥐며 진저리를 쳤다.

그런 부용의 행동을 지켜보는 눈이 있었다.

한 번도 저 정도까지 감정을 드러낸 적이 없는 부용이었다.

죽영은 용악의 담담한 얼굴을 쳐다봤다. 아무리 안내를 한다고 하지만 초행길을 저렇게 여유롭게 갈 사람은 흔치 않았다.

"뭐가 그리 즐거운지 물어도 되겠소?"

죽영은 부용과 달리 말을 놓지 않았다.

그의 성격이기도 했으나 용악에겐 말을 놓지 못하게 하는 위화감 같은 것이 있었다.

"정검련이 어떤 곳인지 궁금해서 그런 모양이지."

"…그 말투는 좀 고치는 게 어떻소?"

"내 말투를? 왜?"

"정검련에는 당신보다 연배가 높은 분들이 대부분이니 그러는 편이 좋지 않겠소?"

"훗. 실력에 따라 머물 곳이 결정된다고 하더니 그게 아니라… 나이순이었나?"

'다른 사람의 말을 듣는 사람이 아니군. 괜히 불란을 만들게 될 수도 있겠어.'

죽영은 처음엔 용악을 정군산으로 데려가는 것이 좋은 일이라 확신했다. 하나 시간이 흐를수록 괜히 불안해졌다.

부용이 용악을 힐끔거리는 눈이 마음에 들지 않았고, 그 눈을 자꾸만 보게 되는 죽영 자신이 마음에 들지 않았다.

"더 가야 하나?"

"다 왔소. 저기 보이는 곳이 정군산이오."

죽영이 손을 들어 안개로 가려진 산을 가리켰다.

곧 검왕을 보게 된다는 생각 때문일까?

"잠시 일 좀 보고 오지."

용악은 죽영에게 소변이 마렵다는 손짓을 하고는 숲으로 들어갔다.

"어디 가?"

"볼일."

용악은 부용에게 짧게 대답 한 후 이내 숲으로 사라졌다.

부용은 용악이 보이지 않자 참았던 불만을 토해냈다.

"내가 저런 놈을 죽이지 못하다니, 인정 못해. 아니, 인정할 수 없어."

"인정해. 넌 졌어."

죽영이 매몰차게 확인시켜 주었다.

"말이 돼? 저 녀석이 검을 든 것 봤잖아! 그런 엉성한 자세로 자하검을 막았다고? 아니야, 말이 되질 않아! 다시 한 번 붙으면 내가 이길 수 있어."

부용은 분을 참지 못하고 고래고래 소리쳤다.

"임무는 임무니까."

죽영 역시 용악이 마음에 드는 것은 아니었다. 하나 이미 데려가기로 약조를 한 후였다. 이제는 어쩔 수 없었다. 정군산의 규칙에 맡길 도리밖에.

용악은 두 사람의 목소리가 들리지 않을 정도의 거리까지 단숨에 이동한 후 천마수에 진기를 주입했다.

딸랑딸랑―

잠시 후 사림이종이 모습을 드러냈다.

줄곧 용악의 뒤를 따랐던 것이다.

"부르셨습니까, 주인님?"

"지금부터 내게서 떨어져 있어야 할 것 같다."

"정군산으로 들어가시려는 것입니까?"

"그래."

"그곳에 정파 최고수라 불리는 검왕이 있다는 것을 알고 계십니까?"

"당연히. 그래서 가려는 것이다."

"그게 무슨 말씀이십니까?"

목노가 황당한 표정으로 용악을 쳐다봤다.

그의 기준으로는 사파를 대표하는 혈교의 주인과 정파를 대표하는 검왕이 만날 일은 한 가지뿐이었다. 생사를 놓고 승부를 내야 할 때. 그 외에는 두 사람이 만날 일이 없는 것이다.

"만나야 할 일이 있다고."

"…이 말씀을 드리기엔 주제넘지만… 검왕과 만나는 시일을 뒤로 미루시는 건 어떠신지요."

"미루라고? 어째서?"

"아무리 천마수를 지니셨다고 해도… 마문정과 곤을 곁에 두시기 전엔 검왕과 부딪치는 건 위험한 일입니다."

목노는 용악이 검왕을 만나야 할 일이라고 한 말을 오해하고 있었다. 싸우기는 하겠지만 목숨을 건 대결은 아니었다.

"그건 됐고. 마문정은 헌원 노사가 가지고 있는 목걸이란 건 알겠는데, 곤은 또 뭐지?"

"……."

목노는 눈을 멀뚱거리면서 마른침을 삼키다 끝내 대답을 하지 않았다. 옆에 선 뚱노 역시 비슷한 행동을 했다.

"주인이라고 하더니 숨기는 것이 있나?"

"아, 아닙니다. 단지……."

"단지?"

"때가 되면 알게 되실 거라는 말씀만……."

목노가 난처한 얼굴로 연신 고개를 조아렸다.

용악은 두 사람의 행동에 이상함을 느꼈으나 굳이 다시 묻지는 않았다. 곤란하다는데 굳이 들어야 할 이유는 없었다.

"알았다. 어쨌든 내가 다시 부를 때까지는 따라오지 마라."

"명을 받듭니다."

"그만 가봐."

"저……."

목노가 돌아서다 말고 다시 입을 열었다.

"할 말이라도?"

"조심하십시오. 이곳은 정검련의 영역 밖입니다. 정검련의 고수를 노리는 자들이 많은 곳이지요."

"정검련은 대단한 곳이라고 하지 않았나?"

"그런 만큼 정검련 고수들은 표적이 되기 십상입니다. 그들을 꺾었다는 것이 일종의 이름값이 되는 쪽도 있기 때문입니다."

"그럴 수도 있겠군. 내가 신경 써야 하나?"

듣기에 따라서 달라질 수 있는 질문이었다.

목노와 뚱노는 어떻게 대답을 해야 하나, 고민하는 표정으로 잠시 머뭇거렸다.

"신경 쓰지 않으셔도 됩니다."

목노의 대답을 끝으로 용악은 자리를 떠났다.

第八章

궁금해서

천산마제

"대장간은 어떻게 되는 거지?"

　용악은 길을 걷다 문득 떠오른 것이 있어 부용과 죽영을 돌아봤다.

　"대장간?"

　"거기 있던 검들을 두고 와도 되느냐는 질문이다."

　"별걸 다… 아무나 가져가라지."

　"……"

　용악은 부용의 대답에 쓴웃음을 지었다.

　그토록 검 한 자루 때문에 실랑이를 벌이더니 이제 와서 아무나 가져가라고 했기 때문이다.

궁금한 것이 한 가지 있었다.

마을 입구에서 들었던 망치 두드리는 소리였다.

"한 가지 더."

"응? 궁금한 것도 많으셔?"

부용이 빈정거림으로 되받았다.

"그런 소리는 어떻게 내는 거지?"

"그런 소리?"

"그 망치질."

"망치질? 망치로 두드리면 당연히 소리가 나."

"마을 입구에서 들었을 때나 대장간 앞에서 들었을 때나 소리가 똑같이 들리던데?"

"오호, 그걸 구분해 내다니 제법인데?"

부용은 흑진주 같은 눈을 동그랗게 뜨며 용악을 돌아봤다. 죽영도 의외라는 눈으로 용악을 쳐다봤다.

"왜 그런 표정들이지?"

"좋은 귀를 가졌네. 뭐, 망치가 좋아서 그런 거지만."

"망치?"

"이 망치에서 어떻게 자하검이 발출되는 줄 알아?"

부용이 자부심 가득한 얼굴로 반문했다.

"글쎄."

"한 번 막았다고 아주 건방을 떠는군. 지금은 팔성이라 네 깟 것도 막을 수 있지만 십성에 오르기만 하면……."

부용은 자하검의 위력에 대해 설명하다 말고 말을 흐렸다. 부용의 설명이 길어지려 하자 용악이 고개를 돌려 버린 까닭이다.

"들어! 네가 들은 소리는 염화금추(炎火金鎚)의 신비 중 하나다."

"염화금추?"

용악의 시선이 다시 부용에게로 향했다.

"너무 놀라지 마."

"그게 뭐지?"

"여, 염화금추에 대해 들어본 적 없다고? 축융(祝融)께서 불을 다루실 때 사용하던 망치라는 이 염화금추를 모른다고?"

부용은 용악이 일부러 모른 척한다고 여겼는지 망치를 꺼내 들며 다짜고짜 용악에게 다가가려 했다.

"그러니까, 네가 낸 소리가 아니라 그 망치가 낸 소리라는 거군. 알았다. 그거면 충분하다."

용악은 더 이상 부용의 성가신 행동을 받아줄 인내심이 없었다. 손을 들어 부용의 이어질 말을 막은 후 돌아서서 먼저 움직였다.

"참아."

죽영이 부용의 어깨를 잡았다.

내버려 뒀다가는 어찌 될지 안 봐도 뻔했다.

"너도 봤잖아! 알면서 일부러 모른 척하는 거."

"내가 볼 땐 정말 모르는 것 같다."

"뭐? 그게 말이 돼?"

"부용, 정말로 저 사람이 염화금추를 모르는 것 때문에 이러는 거냐, 아니면 저 사람이 너보다 내공이 높다는 걸 인정하지 못해서 그런 거냐?"

"관두자, 관둬."

부용은 죽영의 솔직한 질문에 인상을 구기고는 용악을 쫓아갔다.

"쭉 가!"

부용이 멈춰 선 용악에게 투덜거림을 섞어 소리쳤다.

용악의 시선은 끝없이 이어진 갈대밭을 향해 있었다.

저녁노을이 그 위로 내려앉았다.

"쭉 가라는 말 못 들었어?"

"……"

용악이 손을 들어 부용의 말을 멈추게 했다.

푸스스―

바람이 갈대를 쓰다듬으며 지나갔다.

새 한 마리 날아오르지 않는 갈대밭은 마치 죽어 있는 것처럼 고요했다.

그제야 이상함을 느꼈는지, 죽영이 광한신공을 일으켜 갈대밭을 향해 손을 저었다.

하얀 서리가 갈대밭으로 내려앉았다가 바람을 타고 죽영에게로 돌아왔다.

"전부 죽었다."

죽영의 한마디에 망치를 꺼내 들던 부용은 맥 빠진다는 표정으로 흑진주 같은 눈을 깜빡였다.

'목노와 뚱노였군.'

죽영이 광한신공을 펼치기 전에 용악의 손이 따뜻해졌다. 천마수에 이런 느낌을 전해줄 수 있는 기운은 사림이종 외에는 없었다. 적어도 지금까지는.

이젠 정군산으로 향하는 일만 남은 모양이다.

흐릿하게 보이던 정군산은 한참을 더 가서야 제대로 된 모습을 드러냈다.

부용은 쉼없이 용악을 괴롭히기 위해 최선을 다했고, 죽영은 그런 부용을 말리기 위해 일부러 검에 대한 얘기를 했다. 다른 방법으론 부용을 말리지 못한다는 것을 잘 아는 까닭이다.

"또 물어보는군. 이제 다 온 건가? 다 왔다는 말만 하지 말고."

용악은 흐릿하게 보일 때부터 무려 하루를 꼬박 걸어서 도착했다. 더 가야 한다면 속도라도 내야 할 것 같아 물어본 것이다.

"정군산으로 돌아갈 때면 항상 느끼는 거지. 앞이 탁 트여서 꽤 가까워 보이지만… 실제로는 상당히 먼 거리다. 걸으면 걸을수록 멀게만 느껴지는 곳……. 왠지 검과 비슷하다고 생각하지 않아? 정말 다 왔다. 저곳이 바로 정군산이자 정검련이지."

부용이 웬일로 친절하게 대답해 주었다.

용악이 이상하단 눈으로 쳐다보자 부용은 웃음을 아끼지 않으며 자신있게 앞장섰다.

그 이유를 용악이 모를 리 없었다.

이제부터는 부용의 영역이라는, 일종의 자신감의 표현인 것이다.

'아무리 철담을 가졌다고 해도 낯선 곳에 가면 긴장을 하게 되지 않나? 저런 모습 때문에 부용이 더욱 약이 오르는 거야. 나 같아도…….'

정검련에서 남자와 여자의 비율은 칠 대 삼 정도였다. 그중에서 부용처럼 미모가 뛰어난 여자는 다섯 손가락에 꼽을 정도로 흔치 않았다.

그러다 보니 부용은 학검과 선검들의 시선을 한 몸에 받고 있었다. 그것을 부용 스스로가 잘 알고 있었다.

죽영도 더 이상은 말을 건네지 않았다.

정군산 입구로 학검들이 쏟아져 나왔다. 부용을 먼저 발견한 학검이 다른 학검들에게 소식을 알린 것이다.

부용은 흐뭇한 눈으로 그들을 지나치며 슬쩍 용악을 돌아봤다. 한껏 들떴던 학검들의 분위기가 갑자기 가라앉았다. 부용이 용악을 돌아보며 화사한 웃음을 지어 보였기 때문이다.

"저 사람은 누구지? 누군데 부 교검이 직접 모시고 오는 거지?"

"부 교검이 저자를 보고 웃는 것 봤나?"

"감히 나의 부 교검님을!"

학검들의 웅성거림이 빠르게 퍼져 나갔다.

용악은 그들의 말을 모두 듣고 있었다. 하나 그런 말들은 곧바로 한 귀로 들어와 다른 한 귀로 빠져나갔다.

반응을 보인 사람은 오히려 죽영이었다.

"학검들은 그만 자리로 돌아가라."

죽영의 한마디에 학검들은 화들짝 놀라며 뿔뿔이 흩어졌다.

"죽영, 뭐 하는 거야?"

부용이 미간을 찡그리며 화를 냈다.

"수련할 시간도 모자란 학검들이야. 괜한 일로 산만하게 만들지 마."

"쳇! 언제부터 그렇게 학검들을 챙기셨다고?"

"너야말로 왜 생전 안 하던 꼬리를 치고 난리냐!"

"…뭐? 꼬리?"

부용은 갑작스런 죽영의 고함 소리에 멍청해지고 말았다. 죽영의 입에서 이제껏 들어본 적 없는 표현이 나왔다는 것에 적지 않은 충격을 받은 것이다.

"너답게 행동해."

죽영은 쐐기를 박듯이 한마디 더 날린 후 앞장섰다.

용악으로선 굳이 두 사람의 싸움에 끼어들 필요가 없기에 모른 척 죽영을 따라갔다.

"중 교검!"

산 아래에서 있었던 일은 곧장 위로 위로 전해졌고, 죽영과 부용이 들어오기를 학수고대하던 교검들이 한 사람에게 달려갔다.

모옥 문이 열리고 한 사내가 밖으로 나왔다.

기골이 장대하고 정기가 충만한 사내였다.

"무슨 일인데 그리 시끄럽소?"

중 교검이라 불린 사내는 자신의 모옥으로 들어온 세 명의 교검을 둘러보다 길게 하품을 했다.

"죽 교검과 부 교검이 왔소."

"끄응, 그렇군."

"교검장 선출이 얼마 남지 않은 상황에서 그들이 왔단 말이오!"

"모 교검, 그게 어떻다고 이 난리를 피우는 거요?"

"그들이 사람을 데려왔소."

"그게 나와 무슨 상관이라고……."

"죽 교검과 부 교검이 그자 때문에 싸웠다는데 이대로 하품이나 하고 있을 거요?"

"부 교검이?"

중 교검의 눈빛이 처음으로 변했다.

평소 중 교검이 부 교검에게 마음을 두고 있다는 걸 알고 있는 모 교검이 제대로 자극한 것이다.

"안 그래도 부 교검이 죽 교검하고 나가 있어서 편치 않은데 이번에도 교검장이 서쪽에서 나오면 우리 북쪽은… 에휴, 생각만 해도 입이 쓰네."

정검련은 동서남북 네 호검을 기준으로 각자의 영역들이 있었다. 물론 싸우기 위해 만들어진 영역이 아니라 선의의 경쟁을 부추기기 위해 나눈 구역에 불과했다.

그러나 아무리 좋은 의도였다고 해도 사람인 이상 승부욕이 없을 리 없었다. 교검들은 호검들에게 교검장을 뽑도록 요청했고 그들끼리의 각축장을 만들었다.

매년 열리는 시기가 가까워온 것이다.

"중 교검, 무슨 일이 있어도 이번엔 우리 북쪽에서 교검장이 나와야 하오. 그래야 호검들께 지도를 더 받을 수 있고 우리를 따르는 선검들에게 모범이 될 수 있소."

모 교검이 침까지 튀기며 열을 올렸다.

"그게 마음대로 되나… 여하튼 최선을 다합시다."

"중 교검!"

"그 수밖에 다른 방법이 없잖소?"

중 교검은 올해로 서른이 됐다.

남들보다 늦은 나이인 십칠 세에 들어와 십삼 년 만에 교검에 오른, 뒤늦은 입문으로 힘들어하는 선검들의 우상이었다.

최근 십 년 동안 서쪽은 교검장을 셋, 동쪽과 남쪽이 각각 하나씩, 북쪽만 아직 십 년 동안 한 명도 교검장을 배출해 내지 못했다.

동서남북마다 특색이 있어서 단계에 오르는 데에는 시간이 걸리지만 북쪽 교검들이 느끼는 상대적 박탈감은 상당히 컸다.

그 기대를 중 교검이 지고 있는 것이다.

용악은 죽영이 이끄는 대로 산을 오르다 가끔씩 좌우를 돌아봤다. 용악을 살펴보는 시선들이 쉴 새 없이 느껴지는 탓이다.

십대 후반까지 끈질기게 뒤따랐던 시선들.

그 시선을 거부하기 위해 부단히도 애썼던 기억들.

죽음으로부터 자유로워졌던 그 순간까지.

용악은 산을 오르는 동안 많은 것들을 떠올렸다.

'그들은 나에 대해 모른다. 나 역시 마찬가지다. 하나 한

가지는 분명하지. 그들은 나를 건드렸고, 그 대가를 치러야 한다는 것.'

천산마제로서의 용악에겐 변할 수 없는 명제였다.

검왕을 만나게 되면 모든 것은 아닐지라도 어느 정도 그들에 대한 윤곽이 드러나게 될 것이다.

그때, 상념에 빠진 용악을 깨우는 웃음소리가 들려왔다.

"까르르……."

정검련의 분위기와 어울리지 않을 것 같은 맑은 웃음소리였다.

열 살 정도로 보이는 소녀가 쪼르르 달려오다 쿵 넘어졌다 일어났다.

"백아, 거기 서!"

조금 전까지는 웃었으나 넘어지면서 기분이 상했던 모양이다. 앞쪽으로 내달리는 하얀 개를 향해 경고하고는 다시 내달렸다.

양 볼이 빨갛게 상기된 소녀의 모습은 용악에게 절로 웃음이 나오도록 만들었다.

하얀 개는 용악의 옆으로 지나갔다.

"어, 어……."

소녀도 용악의 곁을 지나가려다 발이 엉켰는지 넘어지려 뒤뚱거렸다.

용악은 웃으며 소녀를 부축해 주었다.

"다친다."

"어? 아저씬 누구세요? 죽 교검 아저씨, 안녕?"

소녀는 용악을 보고 눈을 깜빡거리다 죽영을 향해 꾸벅 인사를 건넸다. 그 모습이 어찌나 귀여운지 얼음덩이 같던 죽영조차 환하게 웃고 말았다.

"잘 지냈느냐, 아영아?"

"예! 아저씨도 부 교검 언니랑 잘 지내시죠?"

"뭐?"

"부 교검 언니랑 같이 떠났잖아요."

해맑은 눈으로 바라보는 소녀에게 다른 뜻이 있을 리 없었다. 죽영은 고개를 끄덕여 주기만 했다.

"아영, 그 얼음덩이하고는 말도 하지 마라. 성격이 괴팍해서 괜히 너까지 이상해질까 무섭다."

뒤따라온 부용이 소녀를 안으며 죽영을 노려봤다.

말을 한 상대가 죽영이라 망치를 뽑아 들지 않았지, 다른 사람이었으면 벌써 주위를 불바다로 만들기에 충분했다.

"왜요, 언니? 죽 교검 아저씨가 뭘 잘못했어요?"

"잘못했지! 안 그래, 죽영? 마지막으로 기회를 줄 테니 빨랑 사과해."

죽영은 부용이 이렇게까지 말하는 것을 본 적이 없었다. 그저 평소처럼 장난치려고 건넨 말일 뿐이었다.

"…아까는 내가 심했다."

"뭐야, 진짜로 사과하는 거야?"

부용이 의외라는 눈으로 죽영을 쳐다봤다.

"사과하라며?"

"뭐… 그렇다니 받아주기로 하지. 앞으론 조심해."

부용은 바란 것 이상으로 죽영이 진지하게 사과를 하자 못 이기는 척 받아들여 주기는 했지만 사실 그다지 화가 난 상태도 아니었다.

죽영이 워낙 진지한 성격이란 것을 알고 있었기 때문이다.

'왜 저래?'

죽영의 진지한 태도에 부용은 오히려 머쓱해지고 말았다. 어색한 분위기를 깨준 사람은 부용이 안고 있던 아영이었다.

"언니, 저 아저씨도 교검장이 되는 거야?"

아영이 동그란 눈을 끔뻑이며 물었다.

"교검장? 아영, 교검장은 아무나 할 수 있는 게 아니란다."

부용이 코웃음을 잊지 않으며 고개를 가로저었다.

용악을 잘 모르기에 할 수 있는 행동이었다.

'해볼 테면 해봐라?'

용악이 '픽' 하고 웃었다.

해보라면 못할 용악이 아니었다.

"아영아, 저 아줌마 말대로 아저씨는 여기가 처음인데… 교검장? 아영이가 원하면 할 수도 있다."

용악의 곁눈질이 부용을 향했다.

부용의 볼이 푸들푸들 떨리며 머리카락까지 붉게 물들어 갔다.

용악이 그녀의 말을 전혀 신경 쓰지 않은 것도 모자라 감히 '아줌마'란 표현을 쓴 것이다.

"정말요?"

부용이 폭발하기 직전에 또다시 아영이 해맑게 웃으며 물 었다.

"그럼."

"우와, 아영이 아빠도 교검장이세요. 아저씨가 교검장이 되면 울 아빠 소개해 줄게요."

"하하하. 그거 영광인데?"

용악과 아영은 죽이 착착 맞았다.

"이, 이봐, 교검장이 뭔지나 알고 하는 말이야?"

부용은 더 이상 두고 볼 수 없었다. 이러다가 정말로 용악이 교검장에 나간다고 설치면 골치 아파지는 사람은 그녀였다.

"너를 이겼으니 나도 자격이 있는 거 아닌가?"

"하! 네가 아직 정검련의 규칙에 대해 몰라서 그러는 데……."

"예외없는 규칙은 없다. 내가 알아서 하마."

"……."

용악의 한마디에 부용과 죽영은 멍해지고 말았다.

용악은 두 사람의 반응에는 관심도 없는지 아영이를 향해 씨익 웃어주었다.

불과 며칠이지만 부용과 죽영이 봐왔던 용악의 건방진 모습은 지금 어디에도 없었다.

"아저씨, 부 교검 언니 말이 맞아요. 아빠도 교검장이 되기까지 오래 걸리셨대요."

아영이 코끝을 찡긋거리며 웃었다.

그때 뒤쪽에서 백아라 불렸던 개가 꼬리를 흔들며 다가왔다.

"백아! 언니, 나 백아랑 놀 테야."

아영이는 이내 부용의 품에서 빠져나오며 개를 향해 내달렸다.

"아저씨들, 언니, 안녕!"

세 사람에게 인사도 잊지 않았다.

"……."

용악은 아영이 개와 함께 달려가는 모습에서 눈을 떼지 못했다. 누군가를 떠올린 까닭이다. 태산에서 할아버지와 함께 행복해하고 있을 한 여인을.

"이봐, 애에게 그런 장난을 치고 마음 편해?"

"장난?"

"교검장이 되시겠다며?"

"그랬지."

"이거 큰일 낼 사람이네?"

"그 정도로 큰일은. 아영이와의 약속을 지키려면 좀 쉬어야겠다. 어디로 가야 하지?"

용악이 죽영을 돌아보며 숙소를 물었다.

부용과 죽영은 용악의 저 태평스러움이 어디서 나오는지 기가 막힐 지경이었다.

"누가 저자를 정검련에 처음 온 자라고 믿겠어?"

부용이 죽영을 돌아보며 혀를 내둘렀다.

"일단은 호검께 보고드리자."

"뭐라고 하려고?"

"있는 그대로. 실력이 돼서 데려왔는데 오자마자 교검장에 도전하겠다는 괴짜라고 해야지."

"오! 저 정도 건방이면 당연히 호검께서 혼을 내시겠지?"

"너는 먼저 네 숙소로 돌아가. 교숙에 데려다 주고 나도 숙소로 갈 테니까."

"그래. 나도 오랜만에 좀 쉬어야겠다. 그건 그렇고, 아까 무슨 뜻으로 한 말이야?"

"뭐?"

"내가 무슨 꼬리를 쳤다고 했잖아."

"……."

"말하기 싫으면 그만두고."

"싫어서."

"뭐?"

"그냥 네가 그러는 게 싫어서 그랬다고. 간다."

죽영은 말을 끝내자마자 두 사람과 떨어져 있는 용악에게로 다가갔다.

"뭐래⋯⋯?"

부용은 흑진주 같은 눈을 끔뻑이다가 이내 인상을 쓰며 돌아섰다.

"오늘은 이곳에서 머물면 되오."

죽영은 딱딱한 말투로 방을 안내해 주고는 곧바로 돌아섰다.

"이유가 뭐지?"

"뭐가 말이오?"

"왜 갑자기 화가 났냐고."

"⋯⋯."

죽영은 용악을 물끄러미 바라봤다.

부용을 꺾을 만큼 실력이 좋아 정검련에 가자고 했다. 성격이야 죽영도 좋지 않았다. 충분히 바뀔 수 있다는 자신도 있었다.

그러나 교검장을 우습게 여기는 태도는 용납할 수 없었다. 입을 일자로 닫은 채 용악을 바라보는 이유였다.

"말하기 싫으면 그만두고."

"…우습게 보이나?"

이를 악문 목소리가 죽영의 입에서 흘러나왔다. 말투도 달라졌다. 그만큼 용악의 태도에 화가 나 있었다.

"……?"

"나나 부용이 우스워서 그런 건가, 아니면 정검련이 우습게 보여서 그런 건가?"

"……."

"나와 부용은 교검장이 되기까지 십오 년도 더 걸렸다. 한데 오늘 도착한 자가 교검장이 되겠다고? 뭐가 그리 우습게 보이나?"

죽영은 분노하고 있었다.

감정을 눌러서 드러나진 않았지만 용악은 고스란히 죽영의 분노를 느낄 수 있었다.

"착각하고 있군."

용악의 입가에 조소가 걸렸다.

"뭐?"

"네가 십오 년 걸렸으니 나도 그렇게 걸려야 한다는 말이 우습다고. 너야말로 나를 우습게보고 있군. 아니, 정검련이 나를 우습게본다고 해야 하는 건가?"

"……."

용악의 반문에 죽영은 할 말을 잃었다.

말도 안 되는 궤변이었다.

그런데도 뭐라 대답할 말이 떠오르질 않았다.

용악과 죽영은 시작점이 다른 삶을 살아왔다.

그것을 무시하고 각자의 잣대로 상대를 평가하니 마찰이 있을 수밖에 없는 것이다.

"…관둡시다. 어차피 내일이면 알게 될 테니. 쉬시오."

개운치 않았으나 죽영에겐 이것이 최선이었다.

"내일? 기대되는데?"

용악은 죽영의 속을 다시 한 번 긁고는 담담한 표정으로 문을 닫았다.

다음날 아침.

용악은 눈을 떴다.

그 상태로 한 동안 천장을 바라보며 누워 있었다.

"기분… 괜찮군."

새벽부터 사람들의 기합 소리며 검 휘두르는 소리가 여기저기서 들려왔다. 익숙한 그 소음들에 살기까지 더해졌다면 천산이라고 해도 믿을 것 같았다.

자리에서 일어나 창밖을 내다봤다.

"……!"

용악의 눈이 크게 떠졌다.

족히 백여 명은 넘을 것 같은 사람들이 수련을 하고 있었다. 남녀노소 구분 없이 일체화된 모습은 가히 아름답기까지

했다.

똑똑.

누군가 문을 두드렸다.

용악은 부용과 죽영의 뒤를 말없이 따라갔다.

부용은 어제보다 오히려 화가 더 났다. 숙소로 돌아가자마자 교검들의 비아냥이 쉴 새 없이 날아왔기 때문이다.

반면에 죽영은 별다른 표정이 없었다.

그것도 부용은 싫었다.

두 사람은 마을을 지났는데도 멈추지 않고 더 올라갔다. 위로 오를수록 사람이 머물 만한 곳은 보이지 않았다.

'저 인간을 괜히 데려와서는 욕이나 먹고…….'

부용이 죽영을 돌아보며 인상을 썼다.

그 표정을 죽영이 모를 리 없었다. 하나 어제라면 몰라도 지금은 부용보다 용악에게 더 화가 나 있는 사람은 죽영이었다.

"다 왔다."

죽영이 대뜸 말을 놓으며 위쪽을 가리켰다.

부용은 죽영의 말투에 깜짝 놀라 쳐다봤다.

다른 사람에게, 그것도 며칠 지내지도 않은 사람에게 말을 놓는 모습을 처음 보는 까닭이다.

'몰라. 죽영이 데려왔으니 죽영이 책임지겠지.'

부용과 죽영이 향하는 곳은 서호검이 머무는 모옥이었다.

용악은 잠시 멈춰 서서 모옥을 바라봤다.

죽영이 모옥을 가리키기 전에는 몰랐던 한기가 느껴졌다. 죽영과 관계된 인물임이 분명했다.

"네 사부인가?"

"사부가 아니라 호검이셔."

"호검?"

"학검, 선검, 교검, 호검. 정검련의 체계가 그렇게 구성된다고 몇 번을 말해!"

부용이 대놓고 짜증을 냈다.

"호검이 가장 높은 신분인가?"

"검왕을 모실 수 있으니 가장 높다고 해야겠지만… 지금까지 호검이 되신 분은 겨우 여섯에 불과해. 그중 두 분은 돌아가셨고."

"그럼 나머지는?"

"나머지?"

"교검에서 교검장이 됐다가 다음이 호검 아닌가?"

"그건 순서가 그렇다는 거고, 실제로는 거쳐야 할 단계가 많아."

"단계? 거기서도 또 단계가 있나?"

"호검은 검왕께서 지명하시기 전에는 될 수 없는 자리야. 선택받은 분들이시지……."

부용의 표정이 우울해졌다.

"선택받지 못한 자들은 그럼 뭘 하지?"

"선택받을 때까지 수련을 해야겠지."

"……."

용악은 고개를 끄덕이면서도 정검련의 특이한 상황에 고개를 갸웃거렸다.

부용은 교검에 한해 말했지만 다른 단계 역시 다르지 않을 게 분명했기 때문이다.

'경쟁에서 뒤처진 자들도 포용하는 건가?'

천산에는 굳이 체계랄 것은 없었다.

싸워서 이기면 사는 것이고, 지면 죽는 것.

아주 간단했다.

그렇게 살아온 용악에게 정검련의 체계는 익숙하면서도 낯설게 느껴졌다.

"그럼 저 정상에는……."

"검왕께서 계신다."

부용답지 않게 굉장한 존경심이 담긴 목소리가 흘러나왔다.

"대단하군."

"그분에 대해 엉뚱한 말을 하는 순간 너는 죽는다."

부용이 살기 어린 눈으로 용악을 노려봤다.

용악은 픽 웃으며 손을 내저었다.

검왕은 용악이 유일하게 인정하는 사람이었다.

잠깐 동안의 어색함 때문인지 세 사람은 서호검의 모옥에 도착할 때까지 입을 닫았다.

"어서들 오게, 죽 교검, 부 교검, 그리고……."

서호검이 미리 마당에 나와 있다가 부용과 죽영을 보고 손을 흔들어주었다. 하나 용악을 빤히 쳐다봤다.

"용악이오."

"……!"

용악의 대답에 죽영과 부용의 표정이 완전히 일그러졌다. 설마 하니 서호검의 앞에서까지 저런 말투를 사용할 줄은 예상치 못한 까닭이다.

"허허허. 죽 교검이 이곳에 오길 먼저 청했다고? 그래, 검은 언제부터 수련했나?"

"수련한 적 없소."

용악이 조금도 주저하지 않고 대답했다.

"거, 거짓말!"

"말도 안 돼!"

부용과 죽영이 용악을 노려보며 소리쳤다.

"검을 수련한 적도 없는 자가 어떻게 부용의 검을 자를 수 있나!"

죽영은 서호검의 앞이라 더욱 화를 낼 수밖에 없었다. 용악을 데려온 사람으로서 자세히 알아보지도 않고 서호검에게 소개했다는 죄스러움이 앞선 것이다.

"허허허. 죽 교검, 진정하게. 용악이라고 했나? 검을 수련해 본 적도 없는 사람이 어찌 죽 교검을 따라왔나? 굳이 검을 익히지 않아도 될 실력을 지니고 있으면서 말이네."

서호검은 아무런 방비 없이 용악을 바라봤다.

'이 거리에서 내 공격을 피할 수 있다는 자신감인가?'

용악은 서호검을 응시하다 이채를 발했다.

두 사람 사이의 거리는 무척 가까웠다.

용악이 다른 마음을 먹었다면 충분히 암습도 가능할 정도였다. 하나 서호검의 시선은 조금의 흔들림도 없었다. 그만큼 자신이 있다는 뜻인 것이다.

이런 분위기를 용악은 좋아했다.

"검이 궁금했기 때문이오."

"흠, 어떤 점이 궁금하던가?"

"검이 왜 필요한 것이오?"

"음? 허허… 허허허."

검 자체를 부정하는 용악의 질문에 서호검의 웃음이 너털웃음에서 흐뭇한 웃음으로 변했다.

"제가 사람 보는 눈이 없었습니다."

죽영이 탄식과 함께 무릎을 꿇었다.

그러자 서호검은 손을 저어 죽영의 무릎이 바닥에 닿지 않도록 했다.

"어찌 그런 말을 하는가, 죽 교검? 정검련이 언제부터 데려와야 할 사람과 그렇지 않을 사람을 구별했다고. 잠시 부 교검과 그대로 있게나. 아주 오랜만에 흥겨운 대화가 이어질 듯하네."

"......?"

죽영은 서호검의 말에 어리둥절해져서 부용을 쳐다봤다. 고개를 숙이고 있는 동안 무슨 일이 일어났느냐고 묻는 눈이었다. 하나 부용이라고 본 게 있어야 말을 해줄 게 아닌가?

부용은 어깨를 으쓱거렸다.

용악은 서호검의 대답에 담담한 미소를 띠었다.

"검을 부정하는 경우는 크게 두 가지로 나뉠 수 있네. 검이 필요없는 경우와 검에 배신당한 경우지. 그래, 자네는 어느 쪽이었나?"

"지금껏 검이 필요한 적은 없었소."

용악은 있는 그대로 과장없이 담담하게 대답했다.

"필요한 적이 없었다? 검이 궁금한 사람이, 검이 필요했던 적이 없다?"

너무 간단해서 오히려 의아해지는 말이었고, 사실이라면 평생을 검에 의지해 살아온 사람에겐 가히 모욕과도 같은 말이었다.

그러나 서호검은 감정 변화가 전혀 없었다.

오히려 용악을 보는 그의 눈에 호기심이 떠올랐다.

"다른 류의 무공을 익혔다는 뜻인데… 궁금증을 어떻게 풀려 하나?"

"직접 체험을 해보려 하오."

"직접?"

"흐름이 보일 때까지."

"허허허. 재미있는 사람이로군."

서호검은 용악의 말을 이해했다.

한 번 가본 길을 이번엔 검으로 가보겠다는 일종의 자신감의 표현이라 이해한 것이다.

"감히 한 말씀드리겠습니다."

죽영이 어렵게 대화에 끼어들었다.

"뭔가?"

"이자를 데려온 것은 제 실수입니다. 스스로 검을 수련할 생각이 없다고 하는 자는 정검련에 있을 필요가 없습니다."

"허허허. 죽 교검, 언제 용 소협이 검을 수련할 생각이 없다고 했는가?"

"예? 조금 전에……."

"검이 궁금하다고 한 걸 자네도 들었잖은가?"

"제겐 검을 부정하는 말로 들렸습니다."

"허허허. 내겐 검의 길이 얼마나 어려운지 체험해 보겠다는 소리로 들렸네. 그리고 나는 용 소협이 보고 싶은 것을 보게 해줄 생각이네."

"예?"

죽영이 깜짝 놀라 서호검을 쳐다봤다.

"죽 교검과 부 교검, 자네들이 수고를 해주게. 용 소협에게 기초를 알려주게. 용 소협, 죽 교검과 부 교검이 정검련에 들어오면 가장 먼저 해야 할 것을 알려줄 걸세. 따라 하다 보면 언제고 자네가 보고 싶은 걸 보지 않겠나?"

"……!"

용악은 뒤통수를 한 대 맞은 것 같았다.

구태의연한 체계나 규칙을 들먹여 거절할 것이라고 여겼지, 이렇게 포용할 줄은 몰랐기 때문이다.

"두 교검이 전해줄 것이 없을 때, 그때 다시 나를 찾아오겠나?"

서호검은 말을 끝내면서까지 용악에 대해 아무것도 묻지 않았다.

"이들 둘이면 충분할 것 같소."

용악의 대답에 서호검은 만족한 듯 빙긋 웃으며 고개를 끄덕였다.

검이 그리 만만할 리가 없었다.

서호검 역시 젊은 시절 검을 우습게 여긴 적이 있었다. 그러다 만난 사람이 검왕이었다. 당시 검왕이 서호검을 어찌 봤을지 이제야 이해를 하게 됐다.

부용과 죽영이 서호검을 향해 포권을 취하자 용악도 같이 했다.

그러자 서호검도 마주 포권을 취해주었다.

슥—

용악은 고개를 들며 산 정상을 올려다봤다.

'만나기 참 어려운 곳에 계시는군요.'

저곳에 검왕이 있다고 했다.

당장이라도 올라가고 싶지만, 그건 원치 않았다.

천산에서 용악은 검왕이 시험을 거치도록 만들었다.

이번엔 용악의 차례였다.

시험을 거쳐 검왕과 만날 것이다.

第九章
장래 호검이 될 재목

천산마제

정검대신루.

서호검이 다른 호검들의 시선을 받으며 만면에 웃음을 감추지 못하고 있었다.

"서호검, 무슨 좋은 일이라도 있소?"

북호검이 의아한 표정으로 물었다.

"허허허. 죽 교검이 새로이 데려온 사람이 있는데… 장래 호검이 될 재목으로 보이더구려."

"호, 호검!"

북호검이 깜짝 놀라 붉은 수염을 매만지던 동작을 멈췄다.

"죽 교검이 직접 서호검께 선을 뵈었다면……."

"지금까지 검을 수련해 본 적이 없다고 하더이다. 해서 제가 왜 검을 배우려 하느냐고 물었소. 그랬더니 검이 궁금해서라고 하지 않겠소?"

"죽 교검은 무슨 생각으로 그런 사람을……."

동호검이 인상을 찌푸리며 말을 받았다.

"허허허. 동호검, 죽 교검의 말로는 그 소협이 부 교검의 자하검을 잘랐다고 했소."

"…조금 전에 검을 수련해 본 적이 없다고… 거짓말을 한 것인가요?"

"처음엔 그 이유 때문에 흥미롭다 여겼소. 일신에 지닌 재주만 해도 상당한 경지에 오른 청년이 왜? 하는 호기심이 생기더군요. 게다가 대뜸 교검장이 되겠다니. 허허허."

"교검장? 정검련에 들어오자마자 교검장이 되겠답니까? 그건 말도 안 됩니다."

동호검이 눈까지 치뜨며 단호하게 말했다.

"너무 흥분할 것 없소, 동호검. 지금껏 정검련에 들어온 사람치고 그 청년처럼 자신에 차지 않은 사람은 없으니……. 한계에 부딪쳐 보지 못한 젊은 혈기일 게요."

서호검은 용악이 곧 한계를 느끼고 배움을 청하러 올 것이라 여기고 있었다.

'검을 익힌 적이 없다? 허허허. 그보다 좋은 조건이 어디 있을까?'

생각할수록 인연이라 여기는 것이다.

"북호검께서도 이번엔 좋은 소식이 있으시잖소?"

얘기가 한쪽 방향으로 흐르자 남호검이 북호검을 돌아보며 화제를 바꾸려 했다.

"무슨……."

"부 교검이 염화금추의 힘을 흡수하는 바람에 남자 교검들이 교검장에서 떨어질지 모른다고 원성이 자자하답니다."

남호검은 짐짓 불평하듯 대답했다.

"그 선머슴이 잘하긴 합니다."

"그럼 이번엔 북쪽에서 교검장이 나오겠구려. 우리 동쪽도어서 분발해야 할 텐데."

남호검과 북호검은 아예 용약에 관해서는 얘기하기도 싫은지 다른 교검들 얘기에 관심을 보였다.

"이런 얘길 꺼내야 할지는 모르겠지만… 교검들에게 다른걸 주어야 하지 않을까 합니다."

"다른 거라니요, 북호검?"

"교검장이 너무 많습니다. 해마다 교검장이 되는 사람은늘어나는데 호검 후보는 십 년에 한 명이 나올까 말까 하는상황입니다."

북호검은 얘기를 하다 말고 고개를 절레절레 흔들었다. 다른 호검들도 다 아는 문제였지만 딱히 해결할 방법이 없어 화제로 삼지 않고 있었다.

"북호검, 교검장의 수가 한계를 넘은 건 우리도 알고 있소. 그들을 이대로 방치하는 것이 옳지 않다는 것도 아오. 하나 방법이 없지 않소? 그들이 자신의 한계를 넘어서지 않는 이상 무턱대고 호검 후보로 내정할 수도 없고……."

동호검 역시 답답한지 말을 중간에 흐렸다.

다른 호검들도 동호검과 같은 생각인지 침묵을 지켰다.

"그 문제에 대해서는 생각해 놓은 바가 있소."

서호검이 나직이 입을 열었다.

"무슨 좋은 방안이라도 있소, 서호검?"

"검왕께서 은거를 깨셨으니 닫혀 있던 논검의 문이 열렸소. 그들에게 호검 후보로 오를 수 있는 기회가 더 많아진 것이오."

다른 호검들은 거기까지 생각하지 못했는지 서호검을 보며 감탄의 표정을 감추지 못했다. 오랫동안 호검의 자리를 지켜온 원로와 같은 현명한 결정이었다.

*   *   *

"기본적으로 검을 다루려면 베기를 위주로 하는 참(斬)부터 익혀야 해. 잘 봐, 시범은 한 번뿐이야."

부용은 망치를 들고 앞으로 나왔다.

위에서 아래로 낙하해서 베는 낙격(落擊)과 아래에서 위로 올려서 치는 승봉(昇逢)에 이어, 상하좌우를 바탕으로 휘몰아치면서 회전하는 휘공(揮攻)까지 한 번에 펼치고는 멈췄다.

"넓은 범위에서 한 번에 공격할 때 효과가 있어. 하나 정밀한 초식을 필요로 할 때는 참보다 찌르기를 사용해야 해."

부용은 찌르기에 대해선 따로 시범을 보이지 않았다.

"당분간은 이 세 가지 위주로 연습해."

"끝까지 해봐."

용악이 손가락 하나를 들어 그만 하려는 부용을 제지시켰다.

"뭐? 내가 보여준 이 세 가지만 해도……."

"안다, 네가 보여준 것이 단순히 휘둘러서 되는 게 아니란 걸."

"그런데?"

"흐름을 봐야겠다. 거기서 끊기는 건 무의미해."

"……."

부용이 묘한 눈으로 용악을 쳐다봤다.

조금도 틀리지 않은 말이었다. 분명히 참식은 다음에 이어질 검식(劍式)과 절식(切式)의 준비 동작에 불과했다. 하나 참식이 기본적으로 완전해야 다음으로 넘어갈 수 있는 것도 사실이었다.

"어디서 검식과 절식에 대해 들은 모양인데… 첫술에 배부르려 하면……."

"대신 보여주지?"

용악이 죽영을 돌아보며 부용 대신 보여줄 것을 청했다.

"알았어! 어차피 죽영의 도움 없인 안 돼."

부용이 망치에 기를 주입해 붉은 빛 감도는 검을 만들어냈다. 준비하고 있었는지 죽영의 검에서도 백색 빛이 일렁였다.

"쾌(快)!"

부용의 적검이 일직선을 그리며 죽영에게로 향했다.

"요격!"

죽영이 부용의 적검을 때려 비켜나가게 만들었다.

"결!"

부용은 외침과 함께 결에 따라 검이 다섯 개로 나뉘었다. 원래의 결검이라면 하나가 실체고 나머진 허상이어야 하지만, 교검의 경지에 오른 부용의 검은 그 하나하나가 실체였다.

죽영은 깜짝 놀라 부용과 같은 숫자의 검을 만들어 부딪쳤다.

콰쾅!

두 사람은 동시에 두 걸음씩 물러섰다.

"부용!"

"막을 수 있잖아. 실전처럼 하는 것도 오랜만이고. 히히."

부용이 장난스럽게 히죽 웃었다.

죽영은 부용의 웃음을 보자 화가 눈 녹듯이 사라지고 말았다.

"마지막으로 착. 착(挺)과 착(着)이다."

붙는 것과 잡는 것.

부용은 짧게 설명을 하고는 다시 시범 보일 자세를 취했다. 부용의 표정이 진지해짐에 따라 죽영도 최대한 자세를 낮추었다.

부용이 조금 전처럼 공격을 해온다면 이번엔 쉽게 받아내지 못할 것을 염두에 둔 것이다.

부용의 적검이 천천히 죽영의 백검에 닿았다.

그러더니 순식간에 죽영의 백검을 허공에 띄웠다.

"……!"

용악이 흥미로운 눈으로 부용을 쳐다봤다.

"오! 놀라는 거야, 지금? 별일이네, 잘나신 분이?"

"재미있군."

"재미야 있지. 나처럼 하려면 좀 오래 걸려서 그렇지. 이제 보여줄 건 다 보여줬으니 잘 해봐. 아! 궁금한 것 있으면 되도록 혼자서 해결해. 그래도 안 되는 게 있으면… 몸으로 때울 각오는 하고."

부용은 용악의 놀라는 모습에 의기양양해져서 잘록한 허리에 양손을 얹으며 자신감을 드러냈다. 그리고는 친절하게 손까지 흔들어주며 죽영과 함께 아래로 내려갔다.

"아주 재미있는 걸 발견했다. 일흡 나선투를 안이 아니라 밖으로 내보내면… 꽤 괜찮은 위력이 나오겠는걸?"

용악은 검을 뺐다.

평범한 검신이 모습을 드러냈다.

흔들흔들.

검을 흔들었고 검끝이 땅을 향하도록 했다.

'정과 동. 만벽의 원리와 비슷해. 나는 움직이지만 나를 둘러싸고 있는 만벽은 멈춘 것으로 보인다. 멈춰 있으나 움직인다.'

용악의 몸이 뜨거워지며 손을 통해 진기가 빠져나갔다. 일흡 나선투를 검에 심은 것이다.

찌이잉—

검이 울었다.

검명과 함께 검끝 주위가 움직이기 시작했다.

휘류류—

작은 소용돌이가 일어났다 금방 사라졌다.

용악은 검을 금방 거두지 못하고 잠시 자세를 멈춘 채 있어야 했다.

'일흡 나선투가 온전히 빠져나가질 못한다.'

검을 통해 빠져나간 일흡 나선투는 기껏해야 일 할도 되지 못했다.

해결해야 할 문제가 생겼다.

용악은 자리에 앉아 무공에 대한 상념에 빠져들었다.

생각은 곧바로 몸으로 실천에 옮겨졌고 그때마다 용악이 앉은 주위에는 여러 가지 흔적들이 생겨났다.

쉽게 될 거라 여겼던 처음의 확신과 달리 부용이 보여준 기본기는 무척 난해했다. 아니, 거기에 다른 것을 접목시키려는 것이 어려웠다.

'목노가 보여준 천마십이수는 쉽게 펼칠 수 있는데 어째서 이 간단한 기본기에 일흠의 무공을 얹는 것은 힘든 거지?'

반드시 해야 할 일은 아니었다.

적당히 섞은 후 필요할 때는 일흠의 무공으로 대처하면 그만이었다. 하나 그런 생각이 들었다는 것을 인지하자 불처럼 승부욕이 치솟았다.

"백아, 어떡하지?"

아영이는 완전히 상념에 빠진 용악을 보며 고개를 갸웃거렸다.

정군산 전체를 놀이터로 사용하는 아영이가 용악을 발견한 것은 벌써 반 시진 가까이 지났다. 백아와도 놀고 혼자서 주위를 맴돌기도 했는데도 용악은 아는 척을 하지 않았다.

심술 난 표정을 지으며 백아와 함께 아래로 훌쩍 뛰어내렸다.

아영이 주위에서 벗어난 순간, 용악의 눈이 저절로 번쩍 떠졌다.

누군가 지평선 아래로 쑥 꺼졌다.

'아영이?'

용악은 깜짝 놀라 아영이가 사라진 곳으로 움직였다.

"이런 곳에 길이?"

아영이라 여겨지는 소녀가 떨어진 곳 아래쪽에 조그만 소로가 보였다. 하나 어디에도 소녀의 모습은 보이지 않았다.

용악은 망설이지 않고 곧장 아래로 내려갔다.

소로는 위에서 볼 때와 다르게 폭이 좁지 않았다.

길은 산을 휘감듯이 나선형으로 이어져 있었다.

청각을 집중하니 바람 소리와 함께 아이의 웃음소리가 들리는 것 같았다.

"저쪽으로 갔군."

용악은 길을 살피다 갈라지는 곳까지 내려왔고, 아래쪽이 아닌 산 안으로 들어가는 또 다른 길을 발견할 수 있었다.

곧장 계곡 안쪽으로 들어갔다.

계곡을 지나는 길은 꽤 협소하고 길었다.

길을 따라 한참을 가자 폭이 넓어지며 시야가 환해졌다.

위쪽에서 보던 것과는 다르게 한적하고 조용한 공간이 그 안에 마련되어 있었다.

"검 형, 계시나?"

용악이 들어온 곳과 전혀 다른 방향에서 굵직한 목소리가 들려왔다.

용악은 시선을 돌려 목소리가 들린 곳을 바라봤다.

"만 형, 어서 오시구려. 안으로 드시겠소?"

모옥 안에서도 진중한 목소리가 들려왔다.

"내가 온 이유를 아시잖은가. 나오시게."

용악의 시선이 닿은 곳에서 한 중년인이 허공을 유영하듯 회전하며 내려섰다.

그의 검에는 붉은 수실이 달려 있었다.

이곳까지 찾아온 사람답지 않게 무척이나 무심해 보였다.

그의 곁으로 한 사람이 더 떨어져 내렸다.

절색이라 해도 과언이 아닐 정도의 미모에, '만 형'이라 불린 중년인처럼 검에 붉은 수실을 달고 있는 여인이었다.

용악은 나서지 않고 흥미로운 눈으로 지켜보기로 했다.

모옥의 문이 열리며 계곡으로 사라졌던 아영이란 꼬마 숙녀와 함께 한 중년인이 나왔다.

백색 수실을 단 검을 들고 강직함으로 무장한 것 같은 중년인이었다.

"곧 교검장 선출이 있잖은가. 그럼 우리도 만나야 할 때가 됐지."

"벌써 그리됐구려. 다른 분들은……."

검 형이라 불린 사내가 계곡 주위를 둘러보았다.

"곧 올 걸세. 우리 사이의 일이 끝나면 자연히 모두 모일 것이니… 시작하지?"

만우혼은 검성호처럼 주위를 돌아보지 않았다.

혼자 왔다는 것을 의미했다.

"만 형, 꼭 해야겠소?"

"당연히! 나 만우흔이 꺾지 못한 유일한 상대가 검성호 자네일세."

"그것은 나 역시 마찬가지요."

"그러니 우열을 가려야겠지."

만우흔의 단호함에 매번 겪는 일인 듯 검성호 역시 검을 들었다.

"만 형, 그럼 오늘로 끝을 냅시다. 만 형과의 승부가 자꾸만 저 위로 올라가야 할 내 발을 붙잡고 있소."

"나는 오히려 검 형과 승부를 내지 못해 저 위로 올라가지 못하고 있네."

두 사람은 서로를 바라보며 입을 다물었다.

오늘이 마지막 승부이길 바라는 두 사람의 주위로 바람이 일었다.

"아영아, 물러서 있어라."

검성호의 말에 아영은 곧바로 모옥 한쪽으로 달아났다. 한마디쯤 두려운 기색을 드러내야 정상일 나이였으나 아영은 지금 상황을 자연스럽게 받아들이는 눈치였다.

"진진이도."

"예, 아버지."

진진이라 불린 여인도 한쪽으로 물러섰다.

한 발자국, 두 발자국, 세 발자국째가 됐을 때 만우흔의 붉은 수실이 흔들렸다.

팟!

좌에서 우로 크게 반월이 그려지며 붉은 기운이 검성호를 향해 날아갔다.

검성호 역시 준비를 하고 있던 터였기에 백색 기운을 만들어 붉은 기운과 부딪쳐 갔다.

쾅!

거대한 철조물이 서로 엉킨 것과 같은 폭발이 계곡 안에서 일어났다.

검성호와 만우흔의 신형이 각각 삼 보씩 뒤로 물러섰다.

"여전히 위력적인 유섬극이로군."

"만 형 역시."

"최근 성곡에 대한 깨달음이 있었네."

"성곡?"

검성호는 만우흔의 한마디에 깜짝 놀란 표정을 지었다.

유섬극에 이르기 위해서 성곡과 암파가 필요함을 검성호가 모를 리 없었다. 하나 만우흔이 성곡을 콕 집어내어 말했다. 이는 암파 역시 한 단계 더 나아갔음을 의미했다.

'어쩔 수 없이 나도 전력을 다해야 하는 건가.'

검성호 역시 최근 들어 유섬극을 직(直)이 아닌 곡(曲)의 형태로 변화시킬 수 있게 됐다.

낚싯대의 성능을 높인 것과 낚싯대를 던지는 방법의 진보

가 겨루게 된 것이다.

두 사람의 주위로 기운이 모여들었다.

붉은 수실을 단 만우흔은 화의 기운을, 백색 수실을 단 검성호는 음의 기운을 실어 마지막이 될지도 모르는 한 수를 준비했다.

"아영아, 아빠가 싸우는 것 보고 싶어?"

용악은 최대한 기척을 숨기며 아영의 곁으로 다가간 후 조용히 말을 건넸다.

"어? 아저씨?"

"쉿."

아영이 깜짝 놀라 소리치려는 것을 막고는 환하게 웃어주었다.

"좋아?"

용악이 다시 묻자 아영은 고개를 절레절레 흔들었다.

"하지만 어쩔 수 없는걸요."

"어째서?"

"만 아저씨와 싸우는 것이 아빠의 운명이라고 했거든요. 아영이는 아빠를 지켜봐야 해요."

"운명? 그게 무슨 뜻인지 아영이는 아니?"

아영은 용악의 반문에 다시 고개를 절레절레 흔들었다.

"그럼 아저씨가 싸움을 말려줄까?"

"안 돼요. 아빠와 만 아저씨는 오래전에 교검장이 되신 분들이에요. 교검장도 아닌 아저씨는 못 말린다고요."

"정말?"

용악은 낮게 숨을 내쉬었다.

아영이가 아빠를 믿는 모습이 대견했지만 만약의 경우 일생의 상처가 될 수 있기 때문이다.

"예."

아영이 고개를 끄덕였다.

그때, '쾅!' 하는 폭음과 함께 검성호와 만우흔의 검이 부딪치며 사방에 폭풍을 일으켰다.

"큭!"

검성호는 나직이 신음을 흘렸다.

유섬극의 변화를 제대로 운용했음에도 상당한 타격을 입었다.

"끄음!"

힘을 주어 고통을 털어낸 만우흔은 가쁘게 호흡을 조절했다. 그나마 성곡에 진전이 있었기에 이 정도로 그쳤다. 검성호의 유섬극은 그만큼 강해져 있었다.

"만 교검장과 검 교검장은 그만 하게나."

만우흔이 내려온 곳에서 한 인영이 묵직하게 내려섰다.

"진 선배를 뵙습니다."

만우혼과 검성호가 동시에 인영에게 포권을 취했다.

인영은 반백의 머리칼에 호랑이 눈을 한 오십대 노인이었다. 하나 겉으로 보기엔 전혀 그 나이로 보이지 않았다.

"아직도 벗어나지 못한 건가?"

진 선배라 불린 노인의 이름은 진태무였다.

그는 혀를 차며 두 사람을 번갈아 쳐다봤다.

"이 대결은 우리 두 사람의 문제입니다."

만우혼이 진태무에게 강하게 반발했다.

"아니지. 자네 둘의 대결은 오래전부터 정검련의 고민거리였네. 이쯤에서 그만 하는 것이 옳아."

"그것도 저희가 알아서 합니다."

"자네는 여전히 열혈이로군."

"해결해야 하는 문제가 있는데 미적지근하게 그만두진 않습니다."

"논검비무도 있네."

"검 형과 저는 논검비무를 하지 않습니다."

"자네만 그렇겠지."

"어느 한쪽이 바란다고 비무가 이루어지겠습니까?"

만우혼이 진태무의 시선을 잡아 검성호에게로 향했다.

검성호는 불타오르는 만우혼의 모습에 한숨부터 내쉬었다.

이제는 정리를 해야 할 때였다.

언제까지고 이런 식의 대결을 할 수는 없었다.

"만 형, 나는 진 선배의 뜻과 같소."

"……!"

만우흔의 신형이 충격에 의해 비틀거렸다.

"검 교검장, 자네의 책임도 있네."

"……."

"그렇게 마음이 모질지 못해서야… 아영이를 위해서도 이젠 끊어야 하네."

진태무는 마치 조금 전 한 수로 승부가 가려졌다고 말을 하고 있는 듯했다.

"진 선배! 말씀이 지나칩니다!"

"검 교검장은 이미 유섬극을 곡으로 변화시키는 단계에 접어들었네."

"그런 것은 중요하지 않습니다."

"중요하네. 논검비무였다면 일검에 자네의 성곡을 오도 가도 못하게 만들었을 테니까."

진태무는 이미 나타날 때 마음을 단단히 먹었다.

두 사람은 정검련에서도 중추라고 할 수 있는 교검들의 우상들이었다. 교검장 중에서도 단연 역대 최고라 할 만큼 검의 성취가 빨랐다.

그러나 그것뿐이었다.

서로의 무공 성취를 위해 폐관도 불사하고 지금껏 이런 식의 대결을 일삼아온 것이다.

지켜보다 못한 진태무가 나서고 말았다.

"진진이와 아영이를 생각해서라도 이쯤에서 밖으로 나오게."

"진진이는 이 아비를 이해할 겁니다."

"자네의 그런 오만 때문에 진진이가 괴로워한다고 생각해 본 적은 없나?"

"진 선배, 말씀이 지나치십니다. 이제는 집안일까지 간섭하려 하시는 겁니까?"

상황이 점점 격하게 치달았다.

지켜보던 검성호는 어쩔 수 없다는 듯이 고개를 흔들었다.

"만 형, 진정 끝내길 원하오?"

"물론!"

만우혼의 전신에서 투기가 크게 일어났다.

만우혼이 먼저 움직였다.

움직인 순간 신형이 흔들리며 잔영이 옆으로 퍼졌다.

'이들은 검왕의 무공을 익혔군.'

천산에서 봤던 검왕처럼 순간적으로 십여 개의 잔영이 나타나진 않았으나 적어도 네 개까지는 번졌다.

용악의 눈에는 결과가 보였다.

검성호는 그때까지 꼼짝을 하지 않았으나 이미 만우혼의 움직임에 따라 기세를 움직이고 있었다.

공간을 흐르기 위한 보법 성곡(星曲).

흐르는 도중에 언제든 뻗을 수 있는 암파(暗破).

암파를 지지해 주는 내공.

이 세 가지가 모이면 유섬극(流閃戟)이 완성된다.

저 유섬극이 모이고 모여, 하늘에서 떨어지는 유성처럼 내리꽂힐 때 검왕의 천강검으로 화할 것이다.

만우흔의 네 개로 불어난 신형이 사방에서 검성호를 압박해 갔다.

"……!"

용악의 옆에 있던 아영이가 도저히 못 보겠는지 눈을 가리며 용악에게 안겼다.

"괜찮아. 네 아버지가 이길 거야."

용악이 아영이의 등을 다독여 주며 보게 했다.

아영이 용기를 내어 돌아보자, 검성호의 신형이 움직였다.

제일 먼저 만우흔의 잔영을 베었고 이어서 두 번째, 세 번째의 잔영까지 모두 베었다.

"진짜는 나다!"

만우흔이 승리를 확신하는 목소리로 검을 찔렀다.

"알고 있소."

"……!"

쾅!

검성호의 검신에 막혀 찌른 만우흔의 검이 가로막혔다. 두 사람의 검이 맞닿은 곳에서 빛이 일어났다.

검성호는 고통스러운 표정을 하고 있었으나 눈빛만은 편안해 보였다.

만우흔은 믿을 수 없는 상황에 이성을 잃어 더욱 난폭하게 검에 내공을 실었다.

카카칵!

쇳소리가 요란하게 소리를 내며 검성호의 두 발이 땅속으로 파고들었다.

"큭!"

검성호의 입가로 피가 흘렀다.

만우흔은 그것을 보면서 눈이 뒤집혔다.

"심마!"

진태무는 만우흔의 상태가 어떤지 알고서 급히 검을 뽑아 들었다. 두 사람을 말리기 위해서는 그 역시도 상당한 타격을 감수해야 했다.

그때, 진태무는 못 믿을 광경을 보게 됐다.

불안정한 검기 하나가 그보다 먼저 만우흔의 어깨를 향해 날아가는 것을 본 것이다.

"……!"

놀란 눈으로 검기가 날아온 방향을 돌아봤다.

그곳에는 아영이가 놀란 눈으로 검성호를 안타깝게 바라보고 있었고, 그 뒤로 처음 보는 청년이 검을 뽑고 있었다.

"누구… 아!"

청년의 정체가 궁금한 것보다 싸움을 말리는 것이 우선이었다. 하나 진태무가 돌아봤을 때는 이미 상황은 정리가 된 후였다.

진진이 만우혼의 곁에서 눈물을 흘리며 부축했고 검성호는 그런 두 사람을 슬프게 바라봤다.

"됐소, 만 형?"

"쿨럭쿨럭… 돼, 됐… 끄륵……."

만우혼은 끝까지 말을 하지 못하고 혼절하고 말았다.

"검 교검장님, 감사드려요."

진진이 진심으로 고개를 숙였다.

마지막 순간에 검성호가 검을 거둔 것을 아는 눈빛이었다.

검성호는 아무 말 없이 고개를 가로저었다.

"아빠!"

마침 아영이가 달려와 검성호의 가슴에 안겼다.

"아영아……."

달려온 아영이를 끌어안은 검성호는 그제야 크게 숨을 내쉬었다.

"또 무승부로군. 다음에는 진짜 오지 않을 거야."

진태무가 두 사람에게 다가오며 한숨을 쉬었다.

"그럼 안 되죠, 진 선배. 오늘처럼 말려주지 않으시면 좋은 후배 하나 잃는 겁니다."

"내게 고마워할 것 없네. 싸움을 말려준 사람은 저기 저 사람이니까."

진태무가 돌아서서 누군가를 가리켰다.

검성호는 진태무의 손을 따라가다 용악을 보고 이채를 발했다.

그곳은 아영이가 있던 곳이었다.

'아영이 때문에 기척을 몰랐다고?'

가능성이야 있지만 검성호와 같은 고수에게 그럴 확률은 극히 적었다. 검성호의 이목을 속일 정도의 고수라는 것이 옳았다.

"누구신가?"

검성호가 아영이를 떼어놓으며 물었다.

"아영이가 아는 아저씨예요."

"아영이가?"

"죽 교검 아저씨랑 부 교검 언니랑 친구예요."

"죽 교검과 부 교검의 친구?"

"예. 이번 교검장에 도전하신대요."

"……?"

검성호는 아영의 말에 황당한 표정으로 용악을 쳐다봤다. 하나 검성호보다 더 놀란 사람은 진태무였다.

"교검장에 도전한다고? 아영이의 말이 사실인가?"

"사실이오."

"······!"

진태무는 용악의 말투에 인상을 썼다.

그 역시 교검장이었다.

검성호나 만우흔보다 일찍 교검장이 되어 지금은 교검장들을 관리하는 임시 직위를 갖고 있었다.

"내가 모르는 교검은 없네. 자네의 신분이 뭔가?"

"이곳에 온 지 이틀밖에 되질 않아서 정해진 신분은 없소."

"죽 교검과 부 교검의 추천을 받은 자로군."

"······."

"그들 둘은 어디 있나?"

"오전에 숙소로 돌아가는 것까지는 알고 있소."

"그럼 혼자서 여기까지 왔다는 건가?"

"아영이가 갑자기 사라져서 찾다가 오게 된 것이오."

용악의 대답이 끝나자 진태무는 심각한 표정으로 쳐다봤다.

"어디에 묵고 있나?"

진태무의 질문에 용악은 곧바로 대답하지 못했다.

숙소의 이름을 모르는데다 위치 설명이 애매한 까닭이다.

"교숙이요."

아영이 대신 대답해 주었다.

"교숙?"

"그곳인 모양이오."

용악은 아영이를 향해 빙긋 웃어주었다. 그리고는 곧장 신형을 날려 계곡을 떠났다.

"검 교검장, 마지막에 만 교검장을 밀어낸 수법을 봤나?"

"아니오. 저는 진 선배께서 중재를 해주신 줄 알고 있었습니만?"

"내가 아닐세. 저 청년이었네."

진태무는 만우흔을 향해 날아가던 검기를 떠올리며 미간을 좁혔다. 처음 보는 수법을 펼친 것도 놀랍지만 너무도 평범한 검기에 만우흔이 밀려난 것은 더욱 놀라운 일이었다.

진태무가 용악을 찾은 것은 다음날 오후였다.

사람 좋은 얼굴로 반백의 머리카락을 단정히 묶은 진태무는 식사를 하는 용악의 앞에 앉았다.

"교검장이 되겠다고?"

"……"

"이유를 말해주면 교검장이 될 수 있도록 도와주지."

"아영이와의 약속 때문이오."

"……?"

진태무의 표정이 드러나게 일그러졌다.

겨우 그런 이유 때문에 교검장이 되려 했느냐는 표정이었다.

"푸하하! 특이한 사람이군. 지난밤에 자네가 만났던 두 사람이 누군지 아나?"

진태무는 표정과 달리 애써 호탕하게 웃고는 화제를 돌렸

다. 하나 갑작스러운 질문에 용악이 대답을 못하자 얼른 말을
이었다.

"알 리가 없겠지. 그들은 역대 교검장들 중에서도 상위권
에 속하는 사람들이네."

"그런 사람들이 어째서 숨어 지내는 거요?"

"숨어 지내? 후후후. 그들은 수련을 하고 있는 것이네. 호
검 후보가 되기 위해서는 검강지기를 발현해야 하거든. 거기
에 이르기 위해 외부와 단절된 생활을 하는 거지."

'호검 후보가 검강이라… 서호검이란 노인은 어느 정도나
되는 거지?'

용악은 서호검의 부드러운 인상을 떠올렸다.

갈무리한 기운을 드러내면 어느 정도일지 자못 궁금해졌다.

"정검련에서도 뛰어난 측에 속하는 그들의 대결을 자네가
말린 것이지. 소중한 후배를 잃지 않게 해줘서 고맙네."

"교검장을 뽑는 자리에 나가려면 어떤 조건을 갖춰야 하오?"

"후후후. 자넨 그럴 필요 없네."

"……?"

"교검장 선출 명단에 자네 이름을 올려놓았네."

"그렇게 주먹구구식으로도 가능하오?"

"설마."

"……?"

"서호검께서 허락을 하셨네. 아마 정검련이 생긴 이래 처

음 있는 파격적인 일이 아닐까 싶군. 앞으로 보름 남았으니 열심히 해보게. 그 말을 전해주러 왔네."

"……."

용악은 진태무의 말을 듣느라 멈췄던 젓가락질을 다시 시작했다.

기뻐할 줄 알았던 용악의 덤덤한 반응에 진태무는 머쓱해져서 말을 잇지 못했다.

"할 말은 없나?"

"……?"

"이를테면 서호검께 묻고 싶은 것이라든지……."

"없소."

"……!"

진태무의 눈썹이 올라갔다.

서호검이 용악을 교검장 선출에 내보내는 것을 허락하면서 전하라는 말이 있었는데, 용악이 궁금해하질 않으니 말할 순간을 놓친 까닭이다.

"험험. 뭔지는 모르지만 보름 후까지 완성할 수 있어야 한다고 하셨네. 뭔지 아는가?"

"참, 격, 결, 착. 이 네 가지를 말하는 모양이군."

"큭."

진태무는 자신의 귀를 의심했다.

검기를 날려 검성호와 만우흔의 대결을 막은 사람에게 그런 터무니없는 요구를 했을 리 없다 여긴 탓이다.

"자네가 말한 것이 혹시… 검식에 관한 것인가?"

"맞소."

"……"

"그것 때문에 고민 중이니 더 이상 할 말이 없다면."

용악은 젓가락으로 그릇을 두어 번 두드렸다.

"아! 알았네."

진태무가 떠나자 용악은 젓가락을 내려놓고 자리에서 일어났다.

용악은 어제 수련하던 공터에 섰다.

가볍게 검을 쥐고 좌에서 우로 검을 휘두른 후, 잠시 멈췄다가 검을 앞으로 쭉 뻗었다.

좌아―

멈췄던 신형이 빠르게 움직이며 대각선으로 이동한 후, 이번엔 내밀 듯 검을 천천히 뻗었다.

용악은 각 자세마다 눈꺼풀 한 번 깜빡일 정도의 시간 동안 멈췄다.

스륵.

검을 쥔 용악의 손이 벌어졌다.

용악은 바닥으로 떨어지는 검을 손등을 이용해 회전시켰다.

빙글.

손등에서 회전하던 검끝이 하늘을 보자 용악의 손이 바빠졌다. 검면이 수평을 이루도록 만들어 손잡이를 손등으로 때린 것이다.

츄욱—

검이 공터 한쪽으로 빠르게 날아가 바위와 부딪치기 일보 직전이 됐다.

용악은 검이 바위와 부딪치기 직전에 다시 검 손잡이에 손등을 댔다.

그러자 마치 손에 자석이라도 붙은 것처럼 검이 빙그르르 회전하며 방향을 바꾸었다.

용악의 기이한 행동은 그 이후로도 한동안 계속됐다.

부용이 알려준 참, 격, 결, 착의 원리를 나름대로 해석하고 응용한 결과였다.

공간이 넓고 익숙하지 않아 검을 쫓아가고 있지만, 검이 향하는 곳에 적이 있었다면 움직임을 최소로 좁힐 수 있었다.

용악에게 이런 식의 수련이 가능하도록 한 것은 지난밤의 대결 덕분이었다.

검을 자유자재로 사용하는 그들의 움직임을 한 번 보고 자신의 것으로 만드는 중인 것이다.

第十章
시작할까?

천산마제

만월이 푸른빛을 뿌리며 교교히 자태를 뽐내고 있었다. 간간히 늑대 울음소리가 울려 퍼지고 적막은 온밤을 채울 것처럼 집요하게 사위를 눌러댔다.

랑곡(狼谷).

곡 전체가 늑대들로 가득하다고 해도 과언이 아닐 정도로 많은 늑대들이 지내는 곳이다. 산중대왕이라 불리는 대호(大虎)조차 밤이 되면 숨을 죽인다고 한다.

우우―!

오늘도 늑대는 랑곡의 주인을 알리며 울음소리를 그치지 않고 뱉어냈다.

그곳을 빠르게 이동하는 두 인영.

십인회 부절 외혁우와 악지군이었다.

"이곳은 언제 와도 기분 나쁘군."

외혁우는 인상을 쓰며 긴장을 늦추지 않았다.

"사부님, 추혼장(追魂掌)은 어떤 무공입니까?"

"왜 그것이 궁금한 게냐?"

"한음투골조나 정구도와는 어떻게 다른지 궁금해서 여쭤보는 것입니다."

"어떤 무공이 가장 위력적이냐는 말이구나."

"…예."

악지군의 대답과 동시에 외혁우의 신형이 멈춰 섰다.

"직접 알아보거라."

"……?"

악지군이 의아한 표정으로 외혁우를 쳐다보고 있을 때 검은 그림자가 사방에서 악지군을 덮쳤다.

악지군은 그제야 실수를 깨달았으나 막는 것이 급선무였다.

크앙!

'늑대?'

달려드는 속도나 힘으로 봐서 고수라 여겼던 악지군은 깜짝 놀라 그림자를 노려봤다.

늑대였다. 그것도 랑곡에만 산다는 혈랑.

푸— 학—!

덤벼든 늑대 두 구의 몸이 터져 나갔다.

그러자 늑대들이 살기를 드러내며 사방에서 울기 시작했다. 듣는 이로 하여금 공포를 떠올리게 하는 몸서리쳐지는 울부짖음이었다.

"이, 이 소리는……."

악지군은 안색이 딱딱하게 굳었다.

"크크크. 내 아이들을 죽이다니."

악지군의 바로 옆에서 음산한 목소리가 들려왔다.

"헉!"

악지군은 기겁을 하며 물러서려 했다.

그러나 악지군의 몸은 거미줄에 걸리기라도 한 것처럼 꼼짝달싹 못했다.

늑대 가죽으로 만든 옷과 늑대 이빨로 만든 목걸이를 건 노인이 모습을 드러냈다.

"크르… 오우……! 크크크."

"추, 추절이십니까?"

악지군은 머릿속이 하얗게 변하기 전에 최대한 정신을 수습하며 노인의 정체를 물었다.

펵!

노인은 분명 제자리에 서 있는데 악지군의 신형이 훌쩍 날아가 바닥에 처박혔다.

"먹어라."

크르릉—

어둠 속에서 흉광을 번뜩이며 늑대들이 나왔다.

"그만 하시오, 추절. 군이는 내 제자요."

"크르… 놈이 먼저 내 자식을 죽였소."

추절은 물러설 생각이 없어 보였다.

이미 여러 차례의 방문으로 추절에 대해 잘 아는 외혁우는 더 이상 양해를 구해봐야 소용없다는 것을 깨달았다.

"어쩔 수 없군. 추절은 내 제자를 죽이시오, 나는 랑곡에 있는 모든 혈랑들을 죽일 테니."

외혁우는 달빛을 등지고 있어 표정을 드러내지 않았으나 살기만으로도 충분히 의지를 표현했다.

"크크. 따라오시오, 부절."

추절이 눈빛을 발하자 늑대들이 일제히 뒷걸음질치며 물러섰다.

"무, 무슨 수법인지… 보지도 못했는데……."

"크크크. 애송아, 네 담이 작아서 그런 것이다. 겁에 질려 피하는 쪽만 선택하니 삼성에 불과한 추혼장도 볼 수가 없지."

추절은 뒤따라오는 악지군을 향해 웃었다.

'겨우 삼성…….'

추절이 사용한 내공보다 보는 순간 끔찍한 악몽에 빠져들게 만드는 얼굴이 악지군으로 하여금 식은땀을 흐르게 만들었다.

외혁우와 악지군이 도착한 곳은 계곡 안의 동굴이었다. 안으로 들어가자, 그곳에는 거대한 공터가 나왔다.

"때가 왔소, 추절. 빙절과 도절도 십인회의 결정에 따르기로 약조했소."

"크르… 다 죽이면 될 것을."

"추절, 그런 말은 하지 마시오. 익힌 정도는 다를지라도 그들은 우리와 동문이 아니오?"

"동문? 크하하! 나는 선택받은 존재다! 그런 것들과 비교하지 마라!"

추절이 갑자기 살기를 퍼뜨리며 곧이라도 외혁우를 덮칠 기세로 소리쳤다.

열두 살에 추혼장이 적힌 비급을 손에 쥔 채 랑곡에 떨어져 혈랑의 젖을 먹으며 자라왔다. 타고난 살기 덕분에 혈랑들을 누르며 랑곡의 주인이 됐다.

그런 그에게 동문이란 존재하지 않는 것이다.

오직 그와 동등한 무공을 지닌 십인회만이 그와 나란히 설 수 있었다.

추절의 살기를 온몸으로 견디는 외혁우의 입가에 미미하게 웃음이 퍼졌다.

이 정도의 살기가 퍼진다면 십천좌의 무공을 익혔지만 십인회에는 들지 못한 자들은 추절을 추종하게 될 것이다.

'이제 이 폭발 직전의 화산을 적당한 곳에 던져 놓으면 된다. 이런 절호의 기회에 천산에서 연락이 오지 않아 기다리고만 있어야 한다니… 벌써 일 년이다. 시간이 더 늦어지면 십인회는 분명히 분열이 일어난다.'

외혁우가 십천좌의 무공을 익힌 자들 중 특출한 열 명을 선별해서 십인회를 구성한 데에는 이유가 있었다. 바로 십천좌가 천산을 통해 들어올 것이라는 확실한 정보통이 있었기 때문이다.

그러나 그 정보통과 일 년째 소식이 끊긴 상태였다.

며칠 전에야 천산에 사람을 보내놓았지만 느낌이 좋지 않았다.

'십천좌들께서 천산을 내려오시다 되돌아갔다는 것을 알게 해서는 안 된다. 그동안 들인 공이 얼만데!'

외혁우는 일부일혈을 익히기 위해 희생시킨 부좌의 무공을 익힌 자들을 떠올렸다. 그들과 싸우며 외혁우가 깨닫지 못했던 부분을 가져올 수 있었기에 가능했다.

눈앞의 추절처럼 홀로 대성하는 경우는 극히 드물었다. 추절의 몸에서 뻗어 나오는 살기는 타고난 살성의 자질이 없으면 얻을 수 없었다.

'혼자서는 아무것도 할 수 없고, 숨어 살아야 했지만 이제부터는 우리를 제외한 다른 자들이 숨을 차례다. 우리에겐 그

만한 힘이 있다.'

십천좌의 무공이 십인회엔 있었다. 더해서, 십절들과는 상당한 차이가 있지만 일정 이상의 능력을 가진 자들이 많았다.

'그분들을 막은 둘만 조심하면 된다. 이름만 알려진 천산마제란 자와… 검왕. 정군산만 피해서 움직이고 나면 그때는 검왕이라도 어쩔 수 없을 것이다.'

호랑이 없는 곳에서는 여우가 왕이라던가?

천산에 대한 정보를 받은 사람은 악지군 혼자가 아니었다. 악지군과 밤을 보낸 미려가 그전에 외혁우를 만났기 때문이다.

'동문? 그들을 쓰레기 취급하지 않으셨나?'

악지군은 추절과 함께 웃고 있는 외혁우의 말을 떠올리며 의아해지고 말았다.

그들을 이용해 강호를 쓸어버리겠다던 사람이 왜 갑자기 생각을 바꿨을까?

'혹시 새로운 세력을 키우시려는 건가?'

악지군은 생각이 거기에 이르자 머릿속이 환해지는 것 같았다. 충분히 가능하고 이미 했어도 전혀 이상할 것 없는 일이었다.

'사부님은 모르겠지만 검왕은 은거했고 천산마제는 천산을 떠나지 않았다. 그야말로 사부님의 세상이 열리는 것이 아니고 뭐겠는가?'

당연히 이인자 자리는 악지군에게 돌아올 것이다.

외혁우의 제자이면서 파천마궁의 삼제자로 살아온 지난 세월을 한꺼번에 보상받는 느낌이 들었다.

*   *   *

부용은 하루하루 지나갈수록 조바심이 났다.

밥 먹다 물이 없어 화를 냈고, 볼일 보러 뒷간 갔다 깔끔하지 못하게 나오게 되고, 무공 수련하다 집중이 안 돼서 먼 산 보게 됐다.

모두 교검장 때문이었다. 아니, 그렇게 여기기로 했다. 결코 교숙 위쪽 공터에서 이상한 짓으로 시간을 보내는 놈 때문이 아니었다.

"에이!"

부용이 갑자기 버럭 소리를 지르며 염화금추를 허리에 차고 획 돌아섰다. 결코 교숙 위쪽 공터에 있는 놈 때문은 아니었다.

의도하진 않았으나 어쩌다 보니 알려준 대로 휘두르기는 커녕 검을 제멋대로 이리저리 휘두르는 놈이 보였다.

"내일이야, 이 인간아!"

부용은 잔뜩 화난 표정으로 소리치며 공터에 내려섰다.

"안다."

용악은 부용을 보지도 않고 대답했다.

"그걸 아는 인간이 그래!"

"내가 뭘?"

"내가 알려준 참, 격, 결, 착은 어디 팔아먹은 거냐, 앙!"

"지금 펼치고 있잖아."

"호… 오! 어디? 그게 어디 있는데?"

부용은 마치 참, 격, 결, 착이 눈에 보이기라도 하는 물체처럼 진짜로 찾을 기세로 용악의 주위를 뱅글뱅글 돌았다.

"비켜."

"어차피 수련도 안 하는데, 뭐?"

"아직 남았어."

"호호호. 그러서? 어디 한번 펼쳐 봐."

부용이 용악과 두 걸음 정도 거리를 둔 채 콧방귀를 뀌며 오만하게 턱을 들었다.

"다친다, 비켜."

"내가? 어머나! 내 생전 들어본 말 중에 가장 충격적인 말이네? 그따위 엉터리 검으로 나를 뭐, 어쩐다고? 헹이다, 헹!"

부용이 이번엔 허리에 손까지 척 올렸다.

용악이 군살 하나 없는 그녀의 잘록한 허리를 볼 때 기습해서 반쯤 죽여놓을 심산으로 한 행동이었다.

하나 용악의 시선은 흔들림이 없었다.

슥.

용악의 검이 부용의 아래쪽을 향해 느리게 움직였다.

"......!"

부용은 최대한 내색하지 않았으나 용악이 이렇게 노골적인 행동을 할 줄 몰랐기에 얼굴이 벌겋게 붉어졌다.

툭.

"망치 꺼내."

"뭐?"

용악의 검이 닿은 곳은 부용의 염화금추였다.

"안 꺼내?"

용악은 부용이 망치는 꺼내지 않고 얼굴만 붉으락푸르락하자 다시 한 번 재촉했다.

"야, 이 치사한 놈아!"

부용이 빛과 같은 속도로 염화금추를 꺼내 들고는 용악을 향해 붉은 벼락을 휘둘렀다.

갑작스런 공격임에도 용악은 당황하지 않고 슬쩍 몸을 옆으로 돌렸다.

쉭.

용악의 코앞으로 붉은 빛이 지나갔다.

"더?"

"......?"

톡.

부용의 배꼽 근처가 따끔거렸다.

부용은 시선을 내려 배꼽을 내려다봤다.

용악이 손바닥으로 검을 밀고 있었다.

"언제……."

용악의 검이 그녀의 배꼽을 건드리고 있었다.

"결이라고 하지 않았나?"

"결?"

부용은 이런 식의 결을 알려준 적이 없었다.

"빠르기에만 치중하면 다른 곳이 비게 되지. 내 말이 맞지?"

"……!"

"이번엔 다른 걸 해볼까?"

용악은 인정하지 못하겠다는 부용의 표정을 보며 검을 들고 거리를 두었다.

그러자 부용은 조금 전의 상황은 우연이고 이제야말로 본 때를 보여줄 수 있다는 자신감에 차서 자하검을 일으켰다.

츠르르.

염화금추 위로 붉은 빛이 검신의 형상을 이루었다.

용악은 검을 빙글빙글 돌리다 손등과 수평을 만든 후 그대로 쭉 뻗었다.

특별한 기세도 없고, 그렇다고 기교를 부리는 것도 아니었다.

부용이 기가 막히다는 표정을 지었다.

용악의 자세는 며칠 전 마지막으로 시범을 보인 착이었다.

'검이 그렇게 우습다 이거냐?'

부용이 독한 눈빛을 하고 다가오는 용악의 검을 향해 자하검을 밀었다.

두 검이 맞닿을 것처럼 가까워졌을 때였다.

팡!

경쾌한 음향과 함께 부용의 손에 있어야 하는 자하검이 흔적도 없이 사라졌다.

"……!"

"착, 맞지?"

"……."

부용은 용악의 질문에 아무런 대답도 하지 못했다.

굳이 부용의 대답을 바랐던 것은 아니었던지 용악은 검을 거두며 교숙을 향해 발걸음을 옮겼다.

"아, 서호검이란 노인네를 찾아가지 않아도 되지?"

"……."

"교검장 선출 때 보자."

용악은 유유히 교숙 안으로 들어갔다.

"…마, 말도 안 돼……. 그 짧은 시간에… 어떻게 그런 일이 있을 수가… 없어."

부용은 용악이 마지막에 보여준 수법이 착이란 것을 부정하지 못했다.

자하검과 닿기 직전 용악의 검에서 나온 진기가 염화금추까지 통째로 뽑아 올리려는 것을 억지로 막았다.

착의 느낌이었다.

교검장을 선출하는 날이 됐다.

정검련에서 학검, 선검, 교검을 무사히 통과한 사람들이라면 당연히 거쳐야 하는 과정이었다.

동서남북을 관장하는 네 호검이 모였고, 교검장들이 순서대로 자리에 착석했다.

사람들을 안내하는 학검장과 선검장은 어려운 자리여서 그런지 쉴 새 없이 바쁘게 움직였다.

"저자다."

한 선검장이 후배들을 돌아보며 누군가를 가리켰다.

"부 교검의 자하검을 잘랐다는 사람인가요?"

"그래. 듣기로, 저자가 검을 수련한 기간은……."

"……."

"정검련에 들어온 보름 남짓이 전부라고 한다."

"……!"

후배 선검장들의 입이 쩍 벌어졌다.

나이를 아무리 많게 잡아도 이십대 중반 이상으로는 보이지 않았다. 그런 사람이 겨우 보름 연습하고 교검장을 뽑는 자리에 나온 것이다.

"지금 동서남북에서는 다들 저자를 목표로 하는 모양이다."

선배 선검장의 한마디에 일제히 사람들은 적의를 담아 용악을 노려봤다.

'응?'

용악은 갑자기 쏟아지는 적의 담긴 시선들에 고개를 들어 주위를 돌아봤다.

수많은 사람들이 연무장을 에워싸고 있었다.

이방인의 출세를 달가워하지 않는 건가?

용악은 시선들에 적의가 담긴 이유를 알고서 '픽' 웃어 넘겼다.

'부 교검도 속았으니 다른 자들도 속겠지.'

부용과의 엉겁결 비무는 일종의 속임수였다.

용악이 무공을 익히는 재주가 아무리 희대의 천재라도 보름 만에 검의 절정고수를 검으로 이기는 것은 있을 수 없다.

검을 늘어난 손의 일부라고 여겼다.

생과 사를 넘나들며 익힌 일흉의 무공은 다른 무공에 비해 간격 재기가 탁월했다.

참, 격, 결, 착.

이 네 가지는 기본 중의 기본이었다. 이 네 가지 안에 흐름이 존재할 리가 없었다. 그러다 우연히 검성호와 만우혼의 대결을 보게 된 것이다.

그때 많은 것을 깨달을 수 있었다.

검을 통해 힘을 전달하는 방법이라고 해야 할까?

검과 하나가 된 두 사람의 대결을 깨뜨린 수법은 검을 통해 일흡 나선투를 쏘아낸 것에 불과했다.

부용의 자하검을 날린 것도 마찬가지였다.

부용이 일으킨 것보다 강한 힘으로 일흡 나선투를 검끝에 모았으니 어쩌면 당연한 결과일지도 몰랐다.

사방에서 환호성과 응원의 함성이 쏟아졌다.

"와— 와— 와— 와—!"

"허허허. 오늘은 어디서 교검장이 나올지 자못 기대가 되는구려. 물론 이기는 것보다, 검왕의 가르침을 누가 더 갈고 닦았는지 확인하는 자리라는 걸 명심해야 할 것이오. 자, 진 교검장."

서호검이 제단 위에 앉아 있던 진태무를 불렀다.

기다리고 있던 진태무가 헛기침과 함께 일어났다.

"나도 나이만 좀 적었으면 오늘 이 자리에 여러 교검들과 함께 서고 싶을 정도요."

진태무가 엉뚱하게 말문을 열자 연무장에 모인 무인들이 의아한 눈으로 환호하던 입을 다물었다.

"오늘! 교검장이 되는 교검에겐 친히 검왕을 뵐 수 있는 기회를 주신다고 합니다!"

잠깐의 침묵이 조금 전보다 짙어졌다.

잠시 후, 연무장에 모인 사람들이 낸 함성이라고는 믿기지 않는 거대한 소리가 폭발하듯 터져 나왔다.

"와아—!"

사람들의 함성에 힘입은 교검들이 앞으로 나섰다.

동서남북을 대표한 교검들의 수는 총 다섯 명이었다.

동쪽 한 명, 북쪽 둘, 서쪽 둘.

용악은 죽영과 함께 서쪽을 대표하는 자리에 섰다.

"어마! 아빠, 아영이가 아는 아저씨가 저기 있어요. 정말 교검장 뽑는 자리에 나왔네?"

아영이가 작고 고운 손으로 용악을 가리키며 검성호를 흔들었다.

검성호는 아영이 말하기도 전에 이미 용악을 보고 있었다. 다른 교검들은 한 번쯤 본 것 같기도 했지만 용악은 처음 보는 얼굴이었다.

'그날, 조금만 늦었으면 나도, 만 형도 무사하지 못했다. 저 청년은 그걸 알고 손을 쓴 건가? 진 선배조차 늦었는데?'

검성호의 머릿속을 떠나지 않는 의문이었다.

오래전에 교검장이 된 두 사람의 대결을 말린 청년이 교검장이 되겠다고 나왔다?

검성호는 제단 위에 오르지 않고 일부러 아영이를 어깨에 올린 채 서 있었다.

"어? 아빠, 만 교검장 아저씨도 왔어요."

"뭐? 어디?"

"우리 맞은편이에요."

아영이의 한층 밝아진 목소리를 따라 건너편을 주시하자 정말로 만우혼이 딸 진진과 함께 사람들 사이에 섞여 있는 모습이 보였다.

두 사람의 시선이 부딪치는 데에는 오랜 시간이 걸리지 않았다.

검성호가 먼저 가볍게 고갯짓을 하자 만우혼도 답하듯이 고갯짓을 했다.

피식.

누가 먼저랄 것 없이 두 사람의 얼굴에 웃음이 피었다. 만우혼의 옆에 있던 진진이 가볍게 고개를 숙였다. 그날 이후 만우혼에게도 큰 변화가 찾아온 모양이다.

"저… 북호검께 한 말씀드려도 될까요?"

부용이 고민 가득한 표정으로 입을 열었다.

진태무는 갑작스런 부용의 질문에 북호검을 돌아봤다.

북호검이 가볍게 고개를 끄덕였다.

"내게 말하게, 부 교검."

진태무가 부용을 제단 앞까지 나오게 한 후 조용히 물었다.

"저는 오늘 교검장 선출에서 빠지겠습니다."

"뭐? 그게 무슨 소리야? 북쪽 사람들의 기대를 저버리겠다는 건가?"

"며칠 전에 비무를 해서 졌어요. 뭐, 엄밀히 말하면 한 사람에게 두 번을 진 거나 마찬가지죠. 다시 하면 이길 자신이 있었는데… 막상 마주 보니 포기해야 할 것 같아요."

부용은 심드렁하게 말하고는 염화금추를 주물럭거리다 연무장 밖으로 나가려 했다. 교검장 선출에 참가자가 적은 이유는 자체적인 선별 작업이 진행되기 때문이다. 교검장 선출에 나온 교검에게 진 다른 교검들은 나올 수 없다는.

"굳이 그럴 것 없다."

"……!"

부용이 나가려던 걸음을 멈추었다.

그녀를 붙잡은 목소리는 진태무가 아니었다.

"나는 넷을 한꺼번에 상대했으면 하거든."

용악이 진태무와 부용이 나눈 얘기를 들은 사람처럼 입을 열었다. 죽영과 나란히 섰던 위치도 걸음을 옮겨 연무장 중앙으로 이동했다.

"이, 이보게, 자네를 이곳까지 내보내 준 분께 실수하지 말게."

진태무가 당황하며 급히 뒤를 돌아봤다.

용악을 교검장 선출에 나오도록 해준 사람은 서호검이었다.

"저 청년입니까, 서호검?"

호검들 중 가장 성질이 급한 북호검이 눈을 가늘게 뜨며 용악을 노려봤다.

서호검의 결정이기에 존중했을 뿐 처음부터 용악의 행동이 마음이 들지 않던 그였다.

"허! 달라졌어. 처음 봤을 때는 검을 걸리적거리는 장신구처럼 달고 다니더니, 불과 보름 사이에 소리도 내지 않아."

서호검은 용악을 대견스럽게 바라봤다.

"서호검, 혹여 허락을 하시려는……."

"진 교검장, 그리하도록 해주게."

서호검이 북호검의 말을 자르며 허락했다.

"서호검!"

북호검은 자리를 박차고 일어나며 소리를 질렀다.

부용이 용악에게 졌다는 말을 한 때문만은 아니었다.

"규칙을 어길 겁니까, 서호검? 저는 저 청년의 바람을 들어줄 생각이 없소."

"허허. 북호검, 진정하시오. 저 청년은 아직 정식으로 정검련 사람이 아니오. 자신을 시험해 보고 싶은 모양인데 그리하도록 해주고 싶구려. 다른 호검들 생각은 어떠시오?"

북호검은 당연히 반대할 줄 알고 동호검과 남호검을 돌아봤다. 하나 북호검의 예상과 달리 두 호검은 흥미로운 눈으로 용악을 보고 있었다.

"흠, 저는 서호검의 뜻에 따르겠소."

동호검은 수염을 몇 번 쓰다듬고는 고개를 끄덕였다. 다른 이유는 필요없었다. 서호검이 허락을 한다면 거기엔 이유가 있기 때문이다.

"동호검!"

"저 또한 지켜보는 것이 좋겠다고 생각하오."

남호검은 동호검이 서호검의 뜻에 따르는 것을 보고 고민할 것도 없이 동의했다.

"남호검까지……!"

북호검은 이를 악물며 방관자적인 세 호검들을 바라봤다. 가장 늦게 호검이 된 그이기에 다른 세 호검보다 이 자리가 소중했다.

"어찌하면 좋겠습니까?"

분위기가 심상치 않게 돌아가자 진태무는 조심스럽게 북호검을 향해 물었다.

"다들 그렇게 하시겠다면… 진 교검장, 진행시키게."

"예?"

진태무는 북호검의 결정에 의아한 표정이 됐다.

다른 결정을 내릴 줄 알았기 때문이다.

"단, 교검들이 아닌 내가 직접 하겠네."

"예?"

"내가 저자를 시험하겠다고."

"아······."

진태무는 이미 검까지 쥐고 일어선 북호검을 보고 진심이란 것을 깨달았다. 정검련 사상 한 번도 없었던 일이 일어나려 하고 있었다.

연무장 전체는 언제 환호가 가득했느냐는 듯 조용해졌고 교검장 선출에 나온 교검들은 용악을 보며 고개를 절레절레 흔들었다.

만우혼은 도저히 볼 수가 없어 앞으로 나서려 했다.

"아빠, 기다리세요."

진진이 급히 만우혼을 말렸다.

"저런 녀석을 보고도 지나치면 나는 만우혼이 아니다."

"만 형, 진진이의 말을 들으시오."

언제 다가왔는지 검성호가 만우혼의 옆에 와 있었다.

"저걸 보고 참으라는 건가?"

"그날, 우리 대결을 말려준 사람이 저 사람이오."

"말려?"

"진 선배가 아무런 말도 하지 않았소?"

"그··· 것이 그럼······."

만우혼의 믿기지 않는다는 표정에 검성호가 순순히 고개를 끄덕여 주었다.

"어떤 사람인지 궁금했는데, 마침 아영이가 저 사람이 교검장 선출에 나온다고 하더군."

검성호가 연무장으로 시선을 돌리자 아영이가 찡그린 표
정으로 검성호의 옆구리를 꼬집었다.

"아영아?"

"아파."

"응?"

"아빠가 힘줘서 아영이 손이 아파."

"이런! 미안하다, 아영아."

아영이의 손을 무의식중에 세게 잡은 모양이다.

그 모습에 만우혼의 입가에 만족스러운 웃음이 감돌았다.
검성호 역시 용악을 보고 흥분했던 모양이다.

대상이 검성호이기에 조금 전 화를 낸 것쯤은 신경 쓰지 않
아도 되게 된 것이다.

"빨리 빌어."

부용이 용악의 곁으로 다가가 말했다.

북호검의 기세로 봐서는 용악을 살려둘 생각이 없어 보였
다.

"왜?"

"저분이 내려오시면 당신은 죽어!"

피식.

용악이 웃으며 부용을 돌아보자, 흑진주 같은 그녀의 눈이

빛을 뿌렸다. 마치 용악의 생각이 들리는 것 같은 착각이 든 탓이다. 처음부터 북호검을 노렸다고, 수고스럽지 않게 돼서 다행이라고.

"다, 당신… 도대체 누구야."

부용은 달라진 용악의 태도에 그녀가 지난 보름 동안 아무렇지도 않게 대했던 사람이 맞는지 의심이 들었다.

부용의 말투는 달라졌고 몸은 용악에게서 멀어지려 했다. 본능이 그렇게 하라고 시키고 있었다.

'지금까지 본모습을 감춘 건가?'

부용으로서는 당연히 할 수 있는 생각이었고 그 생각은 옳았다. 지금까지 용악을 처음 본 사람이 말을 놓은 경우는 없었다. 용악이 그렇게 해주었기에 가능했던 것이다.

"무슨 목적으로 이런 일을 벌였는지 모르겠지만 이 자리까지 온 것에 대해서는 칭찬받아 마땅하다. 하나 과했다. 검왕이 계시는 곳을 미꾸라지 한 마리가 흐리게 둘 순 없다."

북호검이 진지한 목소리와 함께 연무장으로 내려섰다. 정검련 내에서 북호검의 성격이 급하고 한 번 정하면 될 때까지 하는 독불장군이란 것을 모르는 사람은 없었다.

그러나 그에게는 다른 사람이 갖지 못한 진지함이 있었다. 그 덕분에 호검까지 올랐다고 해도 과언이 아니었다. 한 번 집중하면 무섭게 몰입하여 원하는 결과가 나오기 전까지는 식음 전폐도 예사로 했기 때문이다.

츠르르.

가볍게 휘두른 그의 검에서 붉은 기운이 실타래처럼 검신을 타고 올라갔다.

그 모습에 네 교검은 급히 연무장 바깥으로 피했고, 제단 위의 검교장들은 선검장과 학검장들을 보호하기 위해 사방으로 퍼졌다.

"지난 보름 동안 참, 격, 결, 착. 이 네 가지를 배웠소. 교검까지는 어떻게 할 수도 있을 것 같았는데… 노인장에겐 힘들겠지만 한번 해봅시다."

"노인장?"

북호검은 용악의 호칭에 전신의 기를 순간적으로 폭발시켰으나 표정은 전혀 흐트러지지 않았다.

북호검이 일으킨 기세로 인해 연무장을 가득 메운 정검련의 고수들이 일제히 뒤로 물러섰다. 정검련의 네 호검은 대문파의 장로 급 이상의 고수들이었다.

그런 사람이 기세를 일으켰으니 학검, 선검들이 견뎌낼 수 있을 리 없었다.

"삼 초! 그 이상은 손을 쓰지 않겠다. 먼저 오너라."

북호검이 말을 마친 후 입술을 꾹 다물었다.

빙글.

용악이 검을 돌려 손등에 올렸다가 위로 들었다.

간단한 동작이었으나 북호검의 눈빛이 변했다.

'회(回)는 원(圓)이요, 원은 무결(無缺)의 원(原)이다? 설마 이 애송이가 거기까지 갔으려고.'

검이 어느 경지에 이르면 오히려 단순해진다. 북호검은 이미 유검무검(有劍無劍)의 단계인 절정의 마지막 단계에 도달해 있었다.

그의 앞에서 검을 돌린다?

허점투성이인 용악의 배포에 기가 막힐 지경이었다.

'공격과 동시에 네놈은 끝장이다.'

북호검은 자하검을 사용하는 것조차 아깝게 여겼다.

자줏빛이던 그의 검이 분홍빛으로 옅어졌다.

용악은 검을 회전시키면서 그런 북호검의 변화를 모두 보고 있었다.

쉭.

용악의 검이 기습적으로 북호검의 목을 노리고 뻗어갔다.

땅!

북호검은 날파리 쫓듯 가벼운 손짓으로 막아냈다.

"기회를 버리는구나."

"같은 조건이 아니면 그다지 힘이 나질 않아서."

용악은 튕겨 나오는 검을 손등에 올리고 다시 돌렸다. 용악의 손을 따라 빙글빙글 도는 검의 속도가 조금 전보다 빨라졌다.

특이한 것이 있다면 용악의 하체는 굳어버리기라도 한 것처럼 움직이지 않고 있다는 것이다.

쾌액!

용악의 손을 떠난 검이 북호검의 목을 향해 그어졌다. 북호검은 막지 않고 몸만 살짝 틀어 피했다. 마치 어디 마음껏 해보라는 듯.

용악은 빗나간 검을 추스르는 동시에 찌르고, 다시 베고, 부딪쳐 갔다. 하나 검은 북호검의 옷자락도 건들지 못했다.

몇 번을 반복해도 마찬가지가 되자 용악은 이내 한숨과 함께 검을 거둬들였다.

"믿을 수가 없구나. 그 실력으로 어떻게 부 교검을 이겼지?"

"몸 풀기는 이만하면 됐고. 그동안 생각해 둔 것이 몇 가지 있는데 한번 받아보겠소?"

"하! 가진 재주가 있으면 모두 펼쳐야 할 것이다. 노부는 평생 약속을 어긴 적이 없다. 전력을 다해라, 그래야 여한이 없을 테니까."

북호검이 급기야 살기를 드러냈다.

붉은 실타래가 엮인 것처럼 보이는 그의 자하검이 붉게 빛을 뿜어댔다.

그 순간, 용악의 손에서 검이 튀어나갔다.

"흥!"

북호검은 날아오는 검에서 아무런 위력도 느껴지지 않자 콧방귀를 뀌며 호신강기를 끌어올렸다. 동시에 손에 든 자하검을 힘껏 뿌렸다.

콰콰콰!

자하검을 통해 빠져나온 검광이 용악을 반으로 가를 것처럼 무지막지하게 뻗어나갔다.

북호검은 이번 한 수로 끝이란 확신을 했다.

'끝이다, 애송이.'

일말의 아쉬움도 남기지 않을 일검이었다.

그러나 북호검의 자하검이 막 용악을 반으로 가르고 지나가려 할 때였다.

슛.

용악의 신형이 흔들린다 싶더니 북호검의 눈앞에서 사라졌다.

"이게 가능할 줄은 몰랐네."

"……!"

용악의 목소리는 북호검의 왼쪽 아래에서 들려왔다.

북호검이 아래를 내려다보니 용악이 검을 들고 있었다. 아니, 검에 손을 대고 있었다.

'언제 검… 아까 던진 검?'

북호검의 호신강기에 막혀 튕겨졌어야 하는 용악의 검이 멀쩡하게 복부에 멈춰 있었다. 전혀 느끼지도 못한 사이에 일어난 일이었다.

용악은 준비하고 있던 일흡 나선투를 검을 통해 쏟아냈다.

그그긍!

북호검의 전신이 갑자기 덜그럭거리며 떨리기 시작했다.

'어떻게 검이 멀쩡할 수 있지?

일반 검이 호신강기에 닿았으면 당연히 부서지거나 튕겨졌어야 하는 것이 상식이었다. 한데 용악이 던진 검은 그 상식을 무너뜨렸다.

이화유능제를 실어 던진 검이 멀쩡한 것은 당연했다.

호신강기는 일종의 흐르는 진기로서 어느 한 부분의 진기가 일시적으로 끊어지는 것을 알아채기는 쉽지 않은 것이다.

그러나 용악이 안심하고 숨을 돌리려 할 때였다.

일흡 나선투로 인해 몸을 덜그덕거리던 북호검의 떨림이 잦아들기 시작했다.

"……!"

더 파고들어 꼼짝 못하게 만들었어야 하는 일흡 나선투가 벽에 막힌 듯 진행되지 않았다.

북호검의 수염이 더욱 붉어졌고 그의 전신이 타오르듯이 붉어졌다.

"이이… 쥐새끼… 같은……."

북호검은 일흡 나선투에 당하고 말까지 했다.

용악은 이대로 있다가는 북호검의 검에 당한다는 생각이

들었다. 곧바로 북호검의 몸에서 검을 떼어내며 뒤로 물러섰다.

그러나 일흡 나선투에 당한 상태에서도 움직일 수 있는 북호검이 그를 가만히 내버려 둘 리가 없었다.

용악이 멈춰 선 지점을 향해 무시무시한 붉은 검강이 날아들었다.

쿠콰콰!

붉은 검강이 하늘과 땅을 한꺼번에 가를 것처럼 거대한 굉음을 동반했다.

"컥!"

"큭!"

먼지로 가득해진 연무장에서 짧은 두 마디 신음이 터져 나왔다.

더 이상의 움직임은 없었다.

승부가 난 것이다.

마른침 삼키는 소리가 이곳저곳에서 들렸다.

용악의 검 다루는 모습은 어설프기 짝이 없었다.

그러나 그 어설픈 실력으로 용악은 무려 삼 초나 북호검을 상대했다.

충격이 연무장을 휩쓸고 있었다.

"검으로 어떻게 해보려고 했더니 쉽지 않군."

푸념 섞인 목소리는 분명 용악의 것이었다.

정검련을 단 한 마디로 무시한 용악의 목소리였으나 누구 한 사람도 웃는 이는 없었다.

용악이 북호검의 그 무시무시한 검강을 막아냈다는 의미 이기 때문이다.

먼지가 가라앉고 연무장의 모습이 드러났다.

용악은 원래 있던 자리에 멀쩡하게 있었으나 북호검은 검 강을 뿌리던 자리에서 한참을 벗어나 제단까지 이동해 있었 다.

"마지막… 그건 무슨 검이었느냐……."

북호검이 이를 갈며 바닥을 노려봤다.

조금 전까지 그가 있던 자리에 원뿔 형태의 흙기둥이 솟아 있었다.

"검이 아니오."

"검이 아니다?"

북호검의 반문이 끝나는 순간이었다.

"왔나?"

정군산 전체가 모두 들을 수 있을 정도로 큰 목소리가 제단 위쪽에서 들려왔다.

정검련에서 목소리 하나로 연무장에 모인 모든 사람의 무 릎을 꿇게 만들 사람은 오직 한 명뿐이었다.

검왕.

"검왕을 뵙습니다!"

제단 위로 내려서는 검왕의 모습을 보며 연무장의 모든 사람들이 이구동성으로 외쳤다.

한 사람만이 신기한 눈으로 검왕을 바라봤다.

"잘 지내셨습니까?"

용악은 최대한 담담한 표정으로 물었다.

"천산마제가 검을 사용하는 줄 전혀 몰랐군."

"검왕을 만나려면 약간의 예의가 필요할 것 같아서 노력해 봤습니다. 한데, 검이란 것이 생각보다 익히기 어렵더군요."

"허허허. 기다리고 있었네. 오르게."

검왕이 올라오라는 손짓을 했다.

그곳은 검왕의 옆자리였다.

"그전에… 노인장, 마지막에 사용한 수법은 일홉 기벽이라고 하오. 검으로는 도저히 안 될 것 같아 사용한 것이니 이해하시오. 뭐, 노인장도 삼 초를 넘겼으니 비기긴 했지만……."

용악은 북호검에게 한마디 하고는 훌쩍 신형을 날려 검왕의 옆에 내려섰다. 기다렸다는 듯이 검왕은 용악의 손을 움켜쥐었다.

그 모습에 네 호검, 특히 북호검의 안색은 딱딱하게 굳어 석상처럼 변했다.

"천산마제… 약관을 갓 넘긴……."

북호검은 검왕이 천산마제에 대해 했던 말들을 그제야 떠올렸다. 검왕의 설명 그대로였다.

초절정고수인 검왕이 고수라고 칭했다.

용악 역시 초절정고수라는 뜻이었다.

그런 사람이 왜 이런 장난을 했는가?

북호검은 수많은 생각을 떠올리며 치욕을 감추지 못했다.

"그래, 검에 대한 궁금증은 좀 풀렸나?"

검왕은 대뜸 용악에게 물었다.

서호검으로부터 용악의 얘기를 전해 들었기에 할 수 있는 질문이었다.

"들으셨습니까?"

"굉장한 인재가 들어왔다며 호검들이 칭찬을 아끼지 않더군. 검을 다뤄본 적도 없는 사람이 며칠 사이에 검기를 자유자재로 발출할 수 있게 됐다고 했지, 아마? 그 사람이 자네인 줄 알았으면 진즉에 막을 걸 그랬네."

"하하하. 왜요? 제가 검왕의 무공을 훔쳐 가기라도 할까 봐서요?"

"무슨. 내가 직접 보여주려고 그랬지. 허허허."

'헉!'

두 사람의 대화를 듣고 있던 호검들은 순식간에 사색이 됐다.

검왕이 직접 시범을 보인다?

신처럼 모시는 그들의 입장에선 있을 수 없는 일이었다.

"언제 내려왔나?"

"좀 됐습니다."

"곧바로 오지 그랬나?"

"사정이 좀 있었습니다."

"사정?"

"개인적인 일입니다. 그건 그렇고, 그들은 약조를 깨고 내려온 겁니까? 제가 이곳으로 오다 그들의, 십천좌들의 무공을 사용하는 자들을 봤거든요. 한데……."

"너무 약했나?"

검왕은 마치 옆에서 본 사람처럼 자연스럽게 용악이 하고 싶은 핵심을 콕 짚었다.

"게다가 한둘이 아니겠지."

"알고 계셨나요?"

"천산에만 있었으니 자네가 모르는 건 당연하네. 그의 무공이 퍼진 건 아주 오래됐지."

"그? 그들이 아니었나요?"

용악의 반문에 검왕은 잠시 대답을 멈추었다.

"자리를 옮기세."

검왕은 용악과 네 호검을 대동한 채 정검대신루에 올랐다. 주위 경관이 한눈에 보이자 용악은 감탄을 숨기지 못하고 연신 주위를 둘러봤다.

"십천좌라고 했던 자들은 사실 오백 년 전 한 사람의 무공을 나눠 익힌 것에 불과하네. 천좌라고 불리는… 천재였지."

자리에 앉자마자 검왕이 연무장에서 했던 말을 이었다.

"하나? 그토록 강한 무공이 겨우……."

용악은 천산에서 싸웠던 십천좌들의 무공이 얼마나 가공했는지를 똑똑히 기억하고 있었다. 만벽을 이룬 용악의 몸을 서슴없이 뚫던 그들의 무지막지한 무공을.

"가공하지. 하나 결국은 막았잖은가?"

검왕의 입가에 쓸쓸한 미소가 그려졌다.

부끄러워하는 빛이 역력했다.

"오백 년 전, 일인천하의 시대가 있었네. 그의 앞엔 세력도, 무공도, 불심도, 도심도… 모두 소용없었지. 천하가 그의 발아래 무릎을 꿇은 것이지."

"대단한 자로군요."

"대단했지. 하나……."

"……?"

"그는 십 년 뒤 자신에게 진 사람들을 다시 찾아갔네. 몸과 마음이 무너진 그들에게 다시 일어서기란 여간 어려운 일이 아니었지. 무공이란 것이 어디 하루아침에 오를 수 있는 것이던가? 정파니 사파니 그런 구분 없이 모든 강호인이 그를 증오했네. 당연히 모일 수밖에 없었지. 그들은 자신들의 비급을 공개했네. 그때는 누구든 상관없었지. 오직 천좌를 꺾어주기만 하면 됐네. 그렇게 이십 년이 지나고 강호인들의 반란… 허허허. 반란이라니……."

검왕은 잠시 말을 멈추었다.

두근두근.

용악의 심장이 급하게 뛰고 있었다.

천좌의 무공을 이미 접해본 용악이기에 열 가지 무공이 합쳐졌을 때를 상상할 수 있는 것이다.

"그는 천하의 모든 무공과 싸웠네. 호북에서 청해까지… 상상도 할 수 없는 인원이 죽어갔지. 무인들이 죽어갈수록 남은 무인들은 더욱 살기가 강해졌고 급기야 다섯 명만이 그를 천산까지 몰아냈네. 그러나 그들 다섯 명 역시 그를 죽이진 못했지."

"그, 그의 후예가 살아 있을까요?"

용악은 자신도 모르게 흥분해서 말을 더듬었다.

"살아 있었잖은가?"

"아니… 그 열 명의 무공을 한 몸에 지니고 있는 자 말입니다."

"가능하다고 생각하나?"

검왕은 불가능하다고 믿는지 자신있게 반문했다.

'이미 가능했던 사람이 있었잖습니까?'

부정적인 용악의 시선을 봤는지 검왕이 다시 말을 이었다.

"오백 년이네. 사람뿐만 아니라 무공 역시 많은 발전이 있었지. 그렇기에 그들을 막을 수 있었던 걸세. 마지막까지 그를 몰아붙인 분들 중에 사조께서 계셨네. 그는 저곳을 통해

다시 들어올 것이니 무슨 일이 있어도 막으라는 유언을 남기
셨지. 자, 이제 자네의 얘기를 들어볼까?"

"저요?"

"내가 생각하기에 자네 역시 그 다섯 명 중 한 분의 후예가
틀림없네."

검왕은 확신에 찬 눈으로 용악을 쳐다봤다.

그러나 용악은 절레절레 고개를 내저었다.

그런 비사를 들은 기억이 없기 때문이다.

"확실한가?"

"사부께선 제가 열 살이 되기 전에 돌아가셨습니다. 만벽
이란 무공과 천산으로 가라는 한마디만 남기셨을 뿐입니다."

"만벽? 그 무공이 만벽인가?"

검왕은 십천좌와 싸울 때 보여주었던 용악의 동작을 흉내
내며 물었다.

"만벽입니다."

"그토록 대단한 무공을 익힌 분이라면… 뭐, 언제고 자네
가 알도록 안배를 해놓으셨겠지."

"그럴 시간도 없으셨을 겁니다."

용악은 애써 심드렁하게 대답했다.

그리움이 없는 사람이 지을 수 있는 표정이 아니었다.

검왕은 더 이상 묻는 것은 무의미함을 느꼈는지 대화를 정
리하듯 길게 호흡을 내쉬고는 네 호검들에게 시선을 던졌다.

"이 사람이 천산마제일세."

용악이 천산마제라는 것과 어떤 일이 있었는지 대략적으로 감을 잡은 호검들은 말없이 포권을 취해 예의를 갖췄다.

용악을 인정해서가 아닌, 그들이 추앙하는 검왕을 존중하는 행동이었다.

"서호검이 자네에 대한 칭찬을 아주 많이 했네."

"거, 검왕, 그거야……."

서호검은 눈을 질끈 감으며 부끄러워했다.

자신보다 더 강한 고수인 줄 몰랐던 것도 부끄러운데 칭찬까지 했으니 얼굴을 들 수가 없었다.

그 덕분에 정검대신루는 한바탕 웃음이 가득해졌다.

어느 정도 분위기가 정리되자 검왕이 용악을 지그시 바라봤다.

"시작할까?"

〈제3권 끝〉

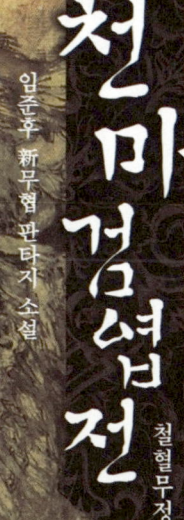

천 마 검 섭 전

임준후 新무협 판타지 소설

天魔劒燮傳

철혈무정로 1부

인세에 지옥이 구현되고 마의 군주가 천신하면
그 누구도 그를 막지 못하리라!
이는 태초 이전에 맺어진 혼돈의 맹약, 육신에 머문 자나
육신을 벗은 자나 누구도 피할 수 없는 구속의 약속일지니……

주검과 피, 그리고 살기가 강물처럼 흐르는 전장에서
본연의 힘을 되찾게 되는 신마기!
신마기의 주인은 전장을 거칠 때마다 마기와 마성이 점점 더 강해져
종국에는 그 자체로 마(魔)가 된다……

제어되지 않는 신마기…
이는 곧 혼돈의 저주, 겁화의 재앙이다!

유행이 아닌 자유추구 -
WWW.chungeoram.com
Book Publishing CHUNGEORAM

일륜 新무협 판타지 소설
天山魔帝
천산마제
내일을 기약할 수 없는 땅, 천산.
소녀로부터 은자 한 닢의 빚을 진 소년 용악.
청년이 된 용악은 천산의 하늘이 된다.
하늘을 가르고 땅을 뒤엎는다!
한 호흡에 만 개의 벽(壁)!!
지금껏 내게 이빨을 드러낸 것들은 모두 죽었다.
은자 한 닢의 빚을 갚으며 시작된
십천좌들과의 승부.
오너라! 천산의 제왕, 천산마제가 여기 있다!
유행이 아닌 자유추구 -
WWW.chungeoram.com
Book Publishing CHUNGEORAM

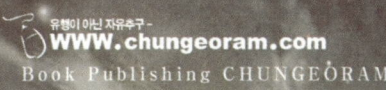

유행이 아닌 자유추구 -
WWW.chungeoram.com
Book Publishing CHUNGEORAM

長虹貫日

장홍관일

월인 新무협 판타지 소설

세상은 언제나 정의가 승리하고,
그래서 사필귀정(事必歸正)이라고?

개소리!

세상은 나쁜 놈들이 지배하지.
그러나 그놈들은 아주 교활해서 절대로 나쁜 놈처럼 안 보이지.
현재 무림을 지배하고 있는 백도의 어떤 인간들처럼……

암제혈로

설경구
新무협 판타지 소설

—떠나세요, 가능한 한 멀리.
—하나만 기억하세요. 일단 살아남아야 후일을 도모할 수 있습니다.
—떠나.

오랫동안 연락이 두절되었던 이들이 약속이라도 한 듯 찾아와
꺼낸 이야기들과 함께 시작되는 집요한 추적.
그리고 거대한 음모에 휘말려 억울한 누명을 쓴 채로
오직 살아남기 위해 필사적으로 도주하는 한 사내, 진가흔.

"왜 하필 나입니까?"
"자네가 가장 적당하기 때문이지."
"아시겠지만 그를 죽인 것은 제가 아닙니다."
"물론 알고 있네. 그런데 말일세… 그래도 그를 죽인 것이 자네라는
사실은 변하지 않네."

누구를 믿어야 할까.
적아도 명확하지 않은 상황에서 이유조차 모른 채 도주하던
한 사내의 역습이 시작된다.

유행이 아닌 자유추구 -
WWW.chungeoram.com
Book Publishing CHUNGEORAM